诗道鳟燕

臧棣　著

陕西新华出版传媒集团
陕西人民教育出版社
·西安·

图书在版编目(CIP)数据

诗道鳟燕 / 臧棣著 . —西安:陕西人民教育出版社,2017. 7
(当代新诗话 . 第二辑)
ISBN 978-7-5450-5499-6

Ⅰ. ①诗… Ⅱ. ①臧… Ⅲ. ①诗歌评论—中国—当代—文集 Ⅳ. ①I207. 22-53

中国版本图书馆 CIP 数据核字(2017)第 184172 号

SHI DAO ZUN YAN

诗道鳟燕

臧棣 著

出 版 人 黄平利
策　　划 田和平 马晓侠
责任编辑 赵小林
责任校对 史丽军
装帧设计 沈 斌

出版发行 陕西新华出版传媒集团 陕西人民教育出版社
(西安市丈八五路 58 号 邮编:710077)
印　　刷 中煤地西安地图制印有限公司
开　　本 787mm×1092mm 1/32
印　　张 7
字　　数 145 千字
版　　次 2017 年 7 月第 1 版 2017 年 7 月第 1 次印刷
书　　号 ISBN 978-7-5450-5499-6
定　　价 32. 00 元

臧　棣

臧棣，1964 年生于北京，1997 年获北京大学文学博士，现任教于北京大学中文系。主要作品有《燕园纪事》(1998)，《风吹草动》(2000)，《新鲜的荆棘》(2002)，《沸腾协会》(2005)，《宇宙是扁的》(2008)，《空城计》(2009)，《慧根丛书》(2010)，《未名湖》(2010)，《骑士和豆浆》等。曾获《作家》杂志 2000 年度诗歌奖，“中国当代十大杰出青年诗人”(2005)，“汉语诗歌十佳诗人”(2008)，第七届“华语文学传媒大奖·年度诗人奖”(2008)等。

钝刀开刃:一种换喻操作

——臧棣诗话《诗道鳟燕》印象

赵　卡

如果要谈论的话,这应该是自新诗诞生以来的第一次,强烈地基于移动互联网自媒体碎片文特征,臧棣的《诗道鳟燕》以无数分散的个人洞悉,将诗的秘密格言化了。对经验描述的简化,这种方式,历史上尼采和维特根斯坦都干得漂亮。所谓多么湍流险急、多么迂回复杂的诗的神话、表象、现象、语言、材料、内部结构和运气等,哪怕一个词的物理概念,在臧棣的形式主义解剖下,无不纤毫毕现。

对整体和系统的迷恋,是绝大多数人追求的学术规则,学术八股之所以有市场,在于它的谨严的逻辑主义,而逻辑主义这种古典的残余，对一个现代诗人来说，实在不能令人满意。出身于学院的诗人臧棣，他谙熟逻辑主义，却与直觉主义勾肩搭背，这就是说，一个通晓诗的构造定理的教授，突然关心起诗的一场场诉讼时，没有一个人不为他深感惋惜，但请不要忘记，有的时候，在诗的世界里，一个谨严的形式主义者往往也是一个粗暴的直觉主义者。

《诗道鳟燕》生产的方式，类似于某些中东宗教先知对天启经文的接应，诉诸迂回的神学式句法，这就是说，臧棣使用了一种谈不上有多么幽默的节约的策略，反倒过多地使用了有些如吉尔·德勒兹强调过的那种糟糕的变换引导语。比如，他习惯了这样的签署："换句话说""就……而言""从……的角度""很多时候""也许"，等等。这难免引来别人一阵背过脸捂嘴的窃笑。不过，这对臧棣来说似乎算不了什么，一个风格型的诗人有他恣意专断的行文布道权力，就像陀思妥耶夫斯基的极其罕见的粗糙结构，其实不是谁都可以为之的。

长久以来，新诗和当代诗被诋毁的烈焰烧成了废墟和灰烬，诋毁者或出于对诗的无知，或出于抱残守缺的权力，不断颁布裁决式的"法令"，不成熟和舶来品这两大罪状无端从天而降，再加上无处不在的诗歌道德"契卡"，诗的确有点声名狼藉了。臧棣似乎在为诗辩护，是诗人声名狼藉而非诗声名狼藉，诗不需要辩护，诗本身呈现了强大的辩护，甚至，如叶芝所言的“来自与自身的争辩”，再没有比这句雄辩的话更令人震撼了。臧棣对诗的考察几乎是全方位的而不是其中某些方面，他的考察遵循了叶芝教条的原理，即使连逾矩都看起来具有一种奇妙的美感，比如，一般人绝不使用这种口气：“这是最令语言感到伤心的一个代价：诗，它是时间的建筑。”

怎么说呢，正是这种偶得的东西刺痛了我们大多数人，臧棣的每一道“诗道鳟燕”都像开刃的钝器要给我们留下深刻的扎点，和那些关于诗的鸿篇巨制相比，《诗道鳟燕》是换喻的编码，也是次要思想，更是性感的伤口。臧棣一直主张诗的“不祛魅”，准确地说，他敏感于诗的萦绕不散的幽灵——“诗，形式梦见形式梦到了它自己。”即使是对诗不断地发表自己非常贴切的见解，臧棣的形式依然是诗的，与“不祛魅”对应的是他的“增魅”修辞，在一部分不堪忍受他那种车轱辘话的人那里，“不祛魅”类似于图灵和维特根斯坦对掐时提到过的“说谎者悖论”：“但这只是个没意义的语言游戏而已。也不知道大家为啥会对这个悖论那么激动。”比较有意味的是，悖论恰似诗的某种漫游于真实和虚幻之间的结构，有的人发现了顽固的

目录

诗和现实

我的第一反应是，有人又要挥舞批评的大棒了。在我们的诗歌场域里，有一种很怪异的东西，好像谁只要抢先使用这个词，谁就占有了无限的批评道德的高地。所以，几乎每隔三五年，我们就会看到一些不三不四的人借助现实这个词与我们的诗歌文化之间的暧昧勾连，开始对诗歌耍流氓。这么讲，也许有点尖刻。但如果仔细权衡它引发的诗歌现象，给人感觉就是如此。

针对诗歌现象，从“现实”来切入，不同的批评往往牵扯到不同的现实观，而不同的现实观又涉及极其复杂的对现实的认知和判断。但在我们的诗歌文化里，很多人往往刻意或有意地忽视这种复杂性；他们热衷于将现实和诗歌的关系固化成一种僵硬的尺度，在他们的操作下，诗歌和现实的关系只能有一种，反映现实的方式也只能就那么几样，而且反映现实时，诗人采取的态度也被规定好了。但我们知道，现实，原本就是个复杂的概念。把它引入诗歌领域来谈论，我们尤其要有自知之明，绝不能把现实作为一个自明性的文学概念。因为从批评的角度讲，人们谈论诗的现实话题时，我们的基本反应就是，这是谁的现实？

在当代文学的历史中，有一个相当长的时期，谈论“现实”其实就是谈文学的政治性。比如，“指出”一位诗人写的东西缺乏“现实”，这并非意味着一种公允的批评，而是要动用体制手段批判他背离了既有的意识形态给定的“现实”及其标准解释。近二十年来，这种批判性的批评机制似乎褪去了政治色彩，但其内在的思维方式却依然没有实质性的改变。比如，对“什么是现实以及诗歌中的现实如何呈现？这种呈现如何加以辨识和评判？以及诗歌与现实的关系究竟可以在多大程度上决定诗的质量？”等，以“现实”来指责当代诗歌的论者，在这些问题上展示出来的言述都经不起起码的推敲，更遑论具有起码的批评说服力了。

从诗的角度看，现实的定义越模糊越好。比如，什么是现实？一种涉及生存的基本感觉的社会状况。但如果严格站在诗歌的立场上，我差不多想说，在一个诗人眼里，其实不应该有“现实”这样的概念的。或者说，诗人眼中看到的现实，与社会学家、公众眼中观察到的现实，应该是有差异的。作为诗人，我们应该关注的是“世界”，关注人的生存状况，关注生命的境遇。请不要误解我。我其实是一个具有强烈现实关怀的诗人。很多时候，我觉得我过于看重诗歌与现实的关系了。很多人有意无意把我看成是当代诗歌中回避现实的代表，甚至有人不惜捏造言论，构陷我主张诗应该不介入现实。但实际上，就所依傍的文学传统而言，就个人的诗歌性格而言，我其实是非常关注现实的诗人。关注现实可以有很多方式，怎样介入也大有讲究，但这些问题在我们的诗歌场域里，都倾向于被归结为一个道德色彩浓厚的立场问题。

其实，从写作的角度看，从诗的使命上看，“现实”不过是一种特殊的风格意识。关注现实，本来也只是诗人对其自身的文学洞察力的一种艺术训练。这实在和诗人的道德观无关，更和诗的质量好坏无关。另外，从阅读的角度看，取材“现实”，会让诗歌变得容易交流，引起更大范围上的生存共鸣。这或许是一种便捷，但也可能是一种诱导诗歌变得势利的陷阱。

诗人的现实感

说实话，我不觉得诗人眼中的现实和普通人眼中的现实是“不同的东西”，我想我们应该尽量回避这样的等级预设。很多时候，我们觉得，诗人应该比普通人对现实的理解更深刻；但回到常识领域，又有大量的事例表明，在许多问题上，普通人在观察现实方面绝不逊色于诗人。所以，要说有差别，我觉得这中间的差别主要源于语言和现实之间的关联方面。诗人的工作是运用语言重新建构现实，从而在更大的生命意识空间里对现实给予意义。而普通人多半只倾向于从因果关系上解释现实，将现实完全归入一个经验范畴，这就和诗歌的想象力对现实的思考有很大的差异。

此外，普通人的“现实”在范围上很大。比如，我们与自然的关系，在普通人那里，或被归入为一种现实的一部分。但在诗人看来，人们通常意义上讲的那种现实，那种经验意义上的现实，也就是“人的社会状况”，其实只是我们与自然的关系中的一小部分。它是否具有决定性的部分，也还要看历史的条件是否充足。还有，在我看来，人的私人感觉，也就是我们的心理意识领域，是现实最重要的一部分，但在普通人看来，它们根本算不上是现实，它们太主观，太私人，度量它们耗费太多的观察但依然充满分歧，所以，它们顶多是一种意识流动。

普通人对现实的理解，往往受制于客观和外部的限制，把现实看成是一种真理性的认知。而对诗人来说，仅仅关于现实的种类，就已多到足以引起我们的警惕并让我们困惑了。生存状况可以构成一种现实，我们面对的语言条件也是一种现实。人的社会关系构成了一种现实，人们的心理意识也构成了一种现实——即我们常常讲的“内宇宙”，“内在的现实”。

诗和实践

诗的社会意义，从根本上，是一种文化实践的结果。所以，它本身不是诗歌能决定的问题。比如，在特定的文化情境里，我们的诗也许写得已经非常好，但诗的社会意义，受制于特定的文化环境的影响，已写得很好的诗歌，也可能对这个社会的影响很小。在我看来，诗和社会的关系，有时会很恶劣，很平庸。所以，我们对诗怀有的情感，绝对不应该受限于诗的社会影响力的大小。人们对诗的热爱，不是建立在诗的社会影响的大小之上的。

短诗和抒情性的本源

西方人一直对我们以短诗见长的诗歌传统感到困惑。中国的古诗，在西方人看来，体现了一个非常伟大的抒情传统。它在诗歌的形式上获得的审美自足性也完美。不过，从 20 世纪 30 年代开始，从事现代文学批评的本土学者开始讨论：中国文学要么就是短诗，要么就是短篇小说，玩不了长的东西。这是一个严重的缺陷。而文体长的东西是对人的意志、耐力，还有劳作精神的考验，没准还是持续的创造力的一块试金石。对文学体式的恢宏的推崇，在西方，其实有着很深厚的宗教文化背景。史诗的背后，有一个强大的宗教人格起着支撑作用。一个人如果真的有信仰，就会克服千难万险创造出精美卓绝的东西来博得神的赞许。比如但丁，他在那么艰难的世事中，能潜心写出长诗，而且用它来对世界的秩序，特别是对精神层面的秩序做一个重新的人文安排。所有这些创造行为的背后都是宗教情感的影子。

但是我们必须意识到，用诗的长短来衡量诗人的成就，乃至评估诗歌的成就，这里面的价值尺度十分微妙，也很有势利的地方。总的说来，我觉得这种比较或有启发性，但也反映出一种特殊的势利倾向。长诗写得好，确实能造就一种规模震撼，但说到对母语的语言能量的挖掘和激活，我觉得就不好以长短来论英雄了。

诗的长短，涉及的是对宇宙的最根本的感觉。并且在很大程度上，依赖我们对人文地理的审美把握。中国的诗歌传统之所以见长于抒情性的短诗，在于我们的人文感受对方圆的内在变化有着独特的领悟。太极图，就是一个富有启发性的例证。短诗的感受力，一个隐蔽的原点，就是生命对圆的领会。对古代诗人而言，圆，不仅是一个自足的视觉上近乎完美的图形，它也是一个充满动感的、内部充满万端变化的空间。长诗的起源，多半和游牧的动荡迁移有关。短诗的想象力，在于将眼前的每个事物都看成是一个终点，而长诗则相反，它本能地把眼前的事物都压制成一个起点。西方的长诗，距离的长度是对人类的宗教心理的一次考验。而在这中国的诗歌传统中，却是很小儿科的东西。飞流直下三千尺，我们的诗歌传统中，如果诗的图像涉及长远的距离，它衡量的多半是一种飞扬的人生情怀。

长诗和诗的运气

在流行的文学期待中存在着一种很固执的念头，长诗的写作最能体现诗人的抱负。这绝对是一种误导，当然，在我们有足够文学智慧的时候，这种误导也可能会导致很有趣的结果。长诗的写作，大家都以为最终靠的是创造的意志，但其实，靠的是个人的文学运气。长诗的写作更接近一场伟大的赌博。

我以前也写过长诗，但后来都把它分散成片断了。我也还在写长诗，但肯定不是传统意义上的那种长诗。我心目中的长诗，在文体上必须有新的布局，有点像跨文类吧。对我而言，长诗必须体现出一种戏剧的氛围：比如你坐下来，翻开这首长诗，你的感觉一下子就如同进入剧场一般。对于长诗，我的结构观是，它必须看上去像一个广场。

我对长诗的看法有时也很矛盾。我觉得，作为一种体裁，长诗已经被以前的诗歌语言耗尽了。如果要写的话，那很可能就变成凭个人的抱负要坚持下去的东西。或者，一种意志的较量。长诗的写作，还要有一个诗歌文化来支撑。我们现在的诗歌文化，都对长的东西，有一种厌烦感。以前的长诗是对历史或传说的丰富展示，同时，围绕着长诗的阅读也营造出一种经典文化的凝聚力。但是我们现在的状况，像法国哲学家利奥塔讲的，是向同一性开战。我们面临的是从差异看到机遇，从片断看到出口。而人们依据某一个中心故事来叙述的那种东西，从价值上或认识感觉上，会让人觉得有点虚假，很难信任。所以，在我看来，写不写长诗，不是诗人的能力够不够的问题，而是长诗很难再在信任的意义上激活一种诗的文化。二十世纪的长诗，其实也还有自己的领地。像美国的威廉斯，也写过《佩特森》那样的长诗。聂鲁达也写过《诗歌总集》。或者，沃尔科特，也成功地示范过《奥梅洛斯》《另一种生活》等。但，我必须强调，长诗和西方的传统之间有着很深的对应关系。而在我们的诗歌传统中，同样的对应关系只存在于短诗和传统之间。

当代女性诗歌

其实，作为男性诗人，我不太想谈女性诗歌。在不同的文学传统和诗歌场域里，女性诗歌的界定和含义，差别很大。这里，我只想谈谈我自己观察到的女诗人写出的诗——如果它们能被称为“女性诗歌”的话。最大的特征，一种写作的自觉。这种自觉，首先表现为一种自信。具体而言，在诗的主题上对内容的独有的体悟和揭示，在语言上的个性化的表达也越来越突出。从批评的角度看，女诗人的写作，让当代诗的面目变得更具有分离性。也就是说，女性诗歌和当代诗的关系开始出现了新的变化。以前，我们大致可以将女性诗歌作为当代诗的一个郊区现象来谈论，但最近这十年，女性诗歌绝对是当代诗的一个核心领域。在当代，很多好诗是由女诗人写出的，这本身也反映了汉语的一种进展。

男诗人的诗歌写作与女诗人的诗歌写作是否存在区别，与其说是一个问题，不如说是一个现象。我们最好是在地形学的意义上来理解它们之间的差异。否则，我们会很容易堕入到本质主义的陷阱之中。据我的观察，这些区别有时非常有趣，有时又很可怕，很晦暗。就写作本身而言，我们一般会觉得，理想的情况下，它不该有性别意识的东西夹在里面。但就语词的使用而言，历史地看，对语言的意义的界定和发挥，在漫长的时间里基本上是由写作主体中的男性身份来确定的。比如，古典的写作类型里，像秩序、平衡、理智、简洁、智慧、雄辩，这样的语言尺度，实际上都带有男性的书写痕迹。但被压抑的东西，被遮蔽的东西，是否就可划归女性书写，不一定。在今天，我倾向于男诗人的诗歌写作与女诗人的诗歌写作有着很深刻的区别。但这种深刻的区别，是否是一种本质的区别，我不敢妄断。

比如，茨维塔耶娃的写作，是一种女性诗歌，但又是一种超越女性诗歌的写作，一种天才的写作类型，我不知道别的男诗人怎么想，我自己只有钦佩的份儿。但我不可能那么写，别的男诗人也很难像茨维塔耶娃那么写。如果一个男诗人像茨维塔耶娃那么写，总会有什么地方，让人感觉不对劲。不是分寸会出问题，就是平衡会出问题。茨维塔耶娃那样的写作，只有以女性身份才能进入。又比如，狄金森的写作，也是这样。狄金森的写作从类型上看大于女性写作，但又在某些深层强烈地根植于女性身份的写作。女性视角，狄金森一方面使用它，一方面又像个极其智慧的人那样克服它，这大约是她的写作中最精彩的部分。类似的情形，还有波兰诗人辛波斯卡，如果别人告诉我，那些诗是男人写的，我觉得它们会乏味很多。同样波兰女诗人斯沃维的写作也一样。如果男诗人像斯沃维那样写东西，你会觉得像是在讨巧。写作中的签名，和签名中的性别的痕迹，是一件很古怪的事。辛波斯卡的诗里，有很多俏皮的观点，犹如某种性感的标记，如果放在男诗人的写作中，绝对很乏味。安妮·塞斯斯顿的诗，也具有类似的特点。我猜，其实用不着太多的理论的辨析，男诗人和女诗人在诗歌写作上最根本的区别在于，女性让诗的写作具有了完全不同的魅力。而且，更为重要的是，这魅力是可以分享的。

总体而言，我觉得，在当代，不论是男诗人，还是女诗人，都写出了相当出色的作品。而这些写出的好诗，都没有受到文学界足够的重视。如果我们认为女诗人写出的如此多的好诗，没受到足够的重视，那么，也可以说，男诗人写出的数量更多的好诗，也没有受到重视。诚如陈丹青在一次访谈里讲过的，如果要真正论及我们对当代人的写作或艺术创作的评价的话，我们还真是处于一种“没文化”的状态。不是我们没写出好的东西，也不是我们没法识别好的东西，而是说，我们的评价根本就无法形成一种文化积累。整体上，当代的女性诗歌受忽视是肯定的。但我想说的是，男诗人的优秀的写作也一样。如果要改变的话，还是那句话，从来就没有什么救世主。女性诗人不仅要学会写作诗歌，还必须学会谈论诗歌。更重要的是，也还要学会从根本上坦然地接受诗的命运——诗受到重视，基本上是一种例外的情形。写诗，是一种自我重视。

荣格曾经表达这样的想法，最好的创造性是由雌雄同体塑造的。所以，如果可能，作为男诗人，有机会的话，我更愿意从女诗人那里受到影响。影响过我的女诗人非常多，梅·斯温逊、茨维塔耶娃、艾米莉·狄金森、辛波斯卡、安娜·斯沃维、西尔维娅·普拉斯、伊丽莎白·毕晓普、阿赫玛托娃、巴赫曼，还有很多。当代的很多女诗人也很棒。像加拿大的安妮·卡森、玛格丽特·艾特伍德和英国的帕斯卡尔·帕蒂、爱丽丝·奥斯沃尔德。就写作而言，我最大的恐惧是没人再能影响我了。所以，我会随时开放自己的头脑，接受女性诗人的影响。

很多人都喜欢声言要独立于他人的影响，我则偏爱罗兰·巴特的想法：我宁愿我写东西时，脑子里待着的是梅·斯温逊或毕晓普。那至少能让我自己的创造性的大脑休息一会儿。另一方面，我觉得，每个真正找到了自己的声音的女诗人，都是一个女神。在她们的写作中，的确有让人想称之为“天籁”的东西。这种东西，在男诗人的写作中出现，就有点可疑。但我最核心的观点，女性身份、女性角色只是诗歌写作的一个特征。如果要把它指认为女性诗歌写作所独具的特征，我觉得就会损害它内在的价值。

诗和小众

从历史的角度看，从今天的标准看，诗既是小众，也是大众。按兰波的直觉，每个人都是诗人。每个人的生命中都蕴含着天生的诗意冲动。诗，怎么可能仅仅是“小众”呢？目前流行的诗歌文化里，有一种极其庸俗的现代性，就是按数量，按人数的多少来确定诗的价值。这也是我们的诗歌文化中最糟粕的东西。严格地讲，诗的价值，诗的意义，不取决于大众站在哪一边。其实，从小众或大众的角度，看待诗与人之间丰富的关系本身，就很成问题。弄不好的话，往往堕落成一种文学的内耗。从诗与生命的关系的角度看，我更倾向于使用“少数”的概念。诗，只能是少数。这意味着，诗是珍贵的，诗秘密地存在于我们的生存情境中。少数，意味着我们必须参与到诗的抵抗中，才能领略生命的真相。同时，这意味着诗必须参与到我们的觉醒，诗才能在我们的生命中生成它的伟大。

诗：一个可能的角色

假如以人生为尺度，诗涉及一种终生的自我教育。诗触及的生命秘密和生存洞察，是别的教育方式所无法替代的。面对白纸，或空白的屏幕，你开始写诗，就意味着你正接近最本质的生存真相：你可以通过诗的语言重塑你的生命。其实，告诉年轻人这个真相，就足够了。

诗和时尚

通常人们会觉得，诗和时尚是对立的。时尚，偏于流行、高蹈、虚幻、展示性，背后潜伏着不可告人的物质的欲望。这些，仿佛和诗的天性格格不入。

但我这样想，诗的存在，诗和我们之间的关系，本来就有一种仪式性的东西夹带在里面。诗是一种仪式。时尚，某种意义上，也是一种仪式。而且，我觉得诗最根本的特性在于它塑造一种生命的观看。时尚的背后也许存在很多暧昧的支撑，但我觉得，在造就生命的观看方面，两者应该有相同之处。

诗和生活

诗可以定义生活，生活也能定义诗，但我的建议是，我们最好不要轻易动用这两种可以相互定义的能力。最好的方式，就是让诗和生活保持一种关系。这样，对诗来说，写作的空间会更大，更深邃。我最基本的想法就是，生活和诗歌，是人的存在的两张面孔。或者，也可以这样理解，它们是生命共同体的正反两面。诗意地生活，应是人的存在的基本面目。按布罗茨基的直觉：诗定义了生活的意义。当然，这不是说，我们可以放弃基本的场合感。比如，在倒垃圾的时候，心里也要背诵一首诗。我主张按空间感来理解两者之间的世俗关系。比如，在生活中，你需要尽到一些责任：买菜、做饭、挣钱、养家。而诗，它布置的是我们和自我的关系。大多时候，我们和自我的关系是隐秘的、安静的、不愿受打扰的。仅此而已。

诗需要生活的程度，似乎怎么说都会过分。但反过来看，生活需要诗的迫切性，则不是那么容易辨识的。想要达成文学上的共识，更是困难。因为在我们的文学境况里，一旦谈及诗和生活的关系，有问题的，需要检讨的，似乎总是诗。而在另一边，生活则永远是正确的，是高高在上于诗的。这种情形，通常意味着一种政治对文学的规训。就精力而言，年轻人永远都比年老者有更多的生活，但是就阅历而言，特别地就给予意义的能力而言，年长的人似乎有资格对年轻人说他们缺少生活。其实，这只是一种告诫。我想说的是，这种告诫如果缺乏善意和神秘，它很快就会堕落为世上最无耻的东西。我就不进行理论上的论辩了。但我可以从文学史的事例来演示一下。比如，相对兰波揭示的东西，如果按巴尔扎克的方式去机械地衡量，就属于典型的“没有生活”。这也是近百年来我们的诗歌批评经常在做的事。又比如，济慈写的东西，或者济慈所展示的诗歌想象力的方式，按这样的标准来判断，也可以轻易地被贴上“没有生活”的标签。事实上，济慈活着的时候，伦敦文学圈的某些聪明的货色就是这么指责他的。惠特曼活着的时候，相对于当时文学与生活之间的标准关联，惠特曼展示的“生活”也是极其暧昧的，也只有小部分是“合格的”。所以，“没有生活”是一个极其暧昧的权力话语，除非我们能及时并且有效地确认其中的善意。又比如，艾米丽·狄金森，按我们诗歌场域里现实主义对“生活”的规定，那么，狄金森的诗所反映的“生活”也可能是极其狭隘的：一个几乎足不出户的诗人，她又可能有什么生活呢？

看过了太多的例子，我以为我们自然就会明白诗和生活的关系，绝不是一句“有没有生活”能涵盖得了。不过，就诗的责任而言，我倾向于赞成我们对诗人的“生活特性和症候”的追问。我觉得，作为一个用语言创造的人，作为一个诗人，我们可以不理会来自外部的拷问或指控，但我们确实需要在诗人的内部建立起这样一种自省的领域。人们可以找出很多理由指控诗人写的东西缺少生活，而诗人也可以找出更多的甚至更强悍的理由反击此类指控。但是，既然身为诗人，我们必须意识到，对我们所写的东西保持一种压力，是有必要的。因为就创造力而言，我们的写作也许对得起天赋，但真要说对得起内容，还确实是一个问题。

就诗人选择题材的自由而言，我们确实可以说在很大程度上走出了反映论对诗歌的限制。人们也越来越意识到，诗和现实的关联，存在着多元性。但从文学实践层面上看，批评的惯性、阅读的惯性依然存在。人们依然习惯按诗人对题材的选择来辨别诗人对现实的态度。比如，一个诗人如果写的是偏重体验的诗，多半会被贴上远离现实的标签。甚至，还多半会被别有用心地指控成“逃避现实，放弃诗歌的社会责任”。我有时会感到强烈的悲哀感，当代诗人写出了那么多出色的东西，却硬要被一个偏狭的文学评判机制把它们统统押解到所谓的现实框架里来寻求解释，这是一种多么落后的状况。人们对诗歌的基本需求，难道不是企望诗歌把我们从现实中解救出来？难道在这一点上，我搞错了？

英国当红诗人西蒙·阿米蒂奇曾在接受采访时说：他写诗的目的就是为了拒绝现实。我猜想，如果当代汉语诗人也这么讲，立刻会被视为一种公开的挑衅，然后随即被贴上“犬儒”的标签，被诗歌道德的唾沫淹死。

诗的深刻

对诗来说，深刻其实是很容易的。无论是在风格上，还是在境界上，做到深刻，不是一件多么难的事情。相反，浅薄想要在诗中达到同样的效果，却并非易事。但我们的诗歌文化中，却存在着一种令人费解的呼吁：新诗应该再深刻些。深刻的诗，不是没有。但深刻的诗，只是诗的一种特例。诗的深刻，也不是一种方向。期待新诗能更深刻些，听起来好像很美，但这不啻是对诗的一种谋杀。

将新诗的缺陷归结为新诗缺乏表达思想的能力，实在是一种莫大的误解。这种偏见的源头在于对诗和思想的现代性关联的曲解。

诗与思想的关系，常常误导人们对诗的深刻性的认知。我们目前通行的文化观念，按我的观察，在这一话题上，基本上走入了误区。诗的深刻性，其实有很多看待它的眼光，它自身也有独立的衡量标准。但在我们的文化场域里，一谈诗的深刻，就是它有多少思想。甚至有一种言论，认为诗的深刻在于诗里有多少哲学。这本身就很危险，更危险的还在于，对诗的思想性的界定本身，又很机械，很僵硬。记得前些年有个奇葩说法：中国诗歌有问题是因为它缺乏思想深度。而所谓思想深度又被指认为一种既定的"批判性"。

诗的深刻，体现在诗和语言的关系上。这种关系是生成性的，它表现为词与物之间的不断的异动。诗的深刻在于诗打开了一种"灵视"。这个"灵视"，集洞见、见识、直觉、异想、视野于一体，它激活了古老的"看"。某种意义上，也可以通约为传统所指认的"境界"。诗的深刻，也体现为一种能力，即诗有能力把万物间隐秘的关系揭示为一种视像。这些，其实都已经是非常深奥的东西了。此外，针对深度迷，我觉得黑格尔讲得好：表面的东西是最深刻的。诗，就是存在于那里。美国诗人如麦克利什、卡洛斯等人也都反复指认过。诗，不是观念，诗也不是思想。诗就是在那里。我自己觉得，诗最根本的特征就是：在我们和世界的关系中，诗造就了一种存在，诗的力量，在于它经得起存在，并有能力把我们从别的事物中吸引到对这一存在的观看中。对诗的观看，塑造了我们最根本的生命镜像。

纯诗和文学政治

在我们的诗歌文化里，谈论纯诗的空间几乎不存在。经过了半个世纪的妖魔化之后，纯诗的文学形象一落千丈。谁若是敢公开表露他对纯诗的兴趣，那么很快，就会有一顶苍白的唯美主义的帽子在等着他。如果不合适，那尺码立刻就会加大到和走不走得出象牙塔难脱干系。茶余饭后，顺嘴抨击一下"纯诗"似乎能生出一种特别的快感。就好像纯诗是一个需要人们举手表决的话题似的。其实，纯诗，正如法国诗人保罗·瓦雷里示范过的，它是有助于开启诗人思考诗和语言的关系的一种方式。

在我们的诗歌情境中，对纯诗的劣质而顽强的抵触，不禁让我不得不这么想：纯诗，像一面纯粹的镜子，映照出了我们的诗歌文化的一种特别的自卑状况。事实上，存在着多种纯诗。一种是面色苍白的，趋向文学苦行主义的，带有乖戾的风格洁癖的"纯诗"。但即使如此，这类诗也有它们的文学史价值。另一种，我在心底尊敬的纯诗，它只是一种诗歌的原型。

它为诗的实践类型提供了一种有益的张力。毕竟,所有的诗,都存在着一种纯粹的冲动。但就写作的实践而言,诗人要想保持活力,只能在纯粹与不纯之间获得一种平衡。

我觉得,我们以往的局限在于把纯诗当成了一种唯一的类型,这就容易忽略诗的包容力。我没有特别的建议,但我自己确实倾向于将纯诗看成是诗歌写作的一种功能。纯诗,在诗的风格上,确实容易引起误解,也很容易将人引入歧途。但从创造意识而言,纯诗对诗的写作来说却构成了一种有意的矛盾。

我坚信这一点,如果一个诗人,他的写作从未遭遇过纯诗的挑战,那么他的创造力实际上从未进入到一种高级状态。而如果一种诗歌类型,从未触及纯诗这一层面,那么它也不会有很大的发展。

针对我们的诗歌文化,我特别建议,我们尽量少去妖魔化纯诗。比如,认为追求纯诗就是与现实无关。因为用同样的逻辑,我们很容易就论证出这样的结果:纯诗本身就是一种现实。

诗和汉语的理想主义

说实话,我不太清楚"汉语语言理想主义"的提法。但突然觉得很有趣。因为年轻时候起,我就对汉语和理想的关联,对语言和理想主义的关联,深感兴趣。我那时是哈代迷,也是斯特林堡迷。这两位作家,我都觉得该获诺贝尔奖。据说,他们没能获奖，是因为其作品太阴郁，悲剧色彩太浓厚，不符合诺贝尔本人对该奖的定调——“要有理想色彩”。所以，20 世纪 80 年代中期起，我一直在思考现代书写和理想的关系。新诗和理想主义的关联，我觉得也是个大问题。某种程度上，我们笼罩在现代的逻辑之中——这是怀疑的时代，所以，崇高、理想、神圣、传统，都成了怀疑的对象。按我的理解，现代的逻辑把人的思想和思想的可能都建立在怀疑之上，是一个非常拙劣的做法。作为一种意识类型，怀疑及其反讽修辞，有助于维护我们的警觉的强度。但是在类型的意义上，我觉得，作为认识论的路径，怀疑很容易误入虚无的误区，并败坏生命的高贵。所以，我本能地怀疑一切和现代的怀疑话语有关的东西。我能理解它们，甚至也在某种程度上喜爱它们，比如对塞利纳的欣赏。但从审美性情上，我觉得更好奇语言的实践和理想的关系，我更喜欢把两者的关系转换成语言和希望的关系。我自己的诗学的底子是：希望诗学。也就是说，我对诗歌文化中的希望色彩更感兴趣。早年，喜爱尼采时，人们告诉我，尼采是个怀疑主义者，虚无贩子。后来才发现，尼采根本就不是那么回事。尼采的否定其实只是他的肯定的前奏，或伴奏。我发现尼采的深处里，也有很多和希望有关的东西。可以说，对尼采的这种阅读修正，也暗合了我对自己的诗歌路径的调整。当整个现代诗学都依赖否定时，我倾向于在诗歌的书写和诗的语言中强化肯定。我这样想，诗的面目在于它神秘地描绘希望。

诗和时代

从衰落的角度谈诗歌和时代的关联，陷阱也很多。比如，从大的观感讲，诗歌在现代确实不如在古代受重视。诗在现代的社会生活中扮演的角色，已不再是主角。但是，请记住，诗在现代文化中的地位，也从不是配角。这也是诗很了不起的地方。诗的式微，是一个很复杂的历史现象。我的观感是，假如从文学的角度讲，诗本身其实并没有什么式微可言。和宗教的式微相比，诗的式微，其实算不上什么大事。所以，我觉得，在这个问题上，我们最好还是要有点幽默感。换句话说，诗的式微，其实是一个文学的故事。一个人对诗歌的感情，真从起源的角度去追溯的话，很复杂，也很隐秘，它源于生命的自我表达的欲求。所以，从根本上讲，它也许会受到“诗的式微”的影响，但和生命的表达欲求相比，它毕竟是属于情绪上的东西。

任何时代，都有喧嚣的一面。所以，我的总体态度是，对诗的写作而言，时代只是一种背景现象。一种类似薪柴的魔幻添加物。写作的目的并不是要解决时代的问题。虽然在特定的历史情境中，我不否认，文学作品有可能在很深刻的层次上解决时代的问题。但如果我们有足够的文学智慧的话，最好把这些看成是特例。

写作的冲动也不源于时代。对诗人的写作而言，任何时代都不可能是理想的。所以，我不建议我们在诗歌写作中过多地考虑时代的因素。假如按叔本华的尺度，喧哗的时代，比起人生的永恒的烦恼来，很可能还有积极的一面呢。

我个人还是更愿意从主体性的角度来看待安静的写作和喧嚣的时代之间的矛盾。首先，我觉得，应尽量别把这种矛盾道德化，特别是不要把这种矛盾引入到一种心理主义的死胡同中。诗人和时代的冲突，诗和时代的抵牾，是诗的命运的一部分。没必要过度纠结。在我看来，诗人和时代的关系，最终只能在文学史场域中获得一种勉强的解释。诗人和时代的关系，并不是诗人最该解决的关系。

诗和批判性

诗必须跟时代发生关系。但这种关系如何发生，是一个很大的问题。尽力捕捉时代的节奏，是一种方式。拒绝时代，抵抗时代的潮流，也是一种方式。以往的当代诗学，把诗和时代之间的关系，仅仅限定于诗反映时代。这就有点作茧自缚。诗必须对时代做出某种反应，但这种反应必须建立在诗的独立之上。诗对时代的反应，最终必须归结为对时代的超越。而我们有些论者，往往把诗对时代的反应，理解为诗对现实的批判。以为只有从事了针对时代批评的诗歌，才是对时代负责，才是尽到了诗的道德责任，才算是体现了诗人的良知。我觉得，从事批判只是诗的一个特定的向度。批判性，不是诗的最本质的东西。诗，当然可以从事批判。但是也不该忘记，诗性的表达在本质上是一种启发。诗的道德恰恰在于避免把我们的生存道德化，避免把我们的生存归类为非黑即白之中。诗，从事的是自我启发。像“卑鄙是卑鄙者的通行证，高尚是高尚者的墓志铭”这种严厉的指控，更像是一种街头复仇，它实践的是一种复仇的快感，这么做，其实是矮化了诗的正义。必须牢记，诗，不是审判。当我们试图让诗歌参与批判的时候，应该扪心自问一下，就像当年耶稣讲的：“你们中间谁是没有罪的，谁就可以先拿石头砸她。”诗，是非常高贵的事体。它可以参与人类的实际事物，但我们也必须意识到，诗的参与，是有底线的。说到底，我还是觉得，诗和时代之间最根本的联系，就是必须想方设法维护语言的尊严。时代之内，往往泥沙俱下，所以，在我看来，捍卫语言的尊严，从而激活我们对时代的省察和反思，是诗的最根本的责任。

写作习惯(写诗最好有点仪式感)

我喜欢早上写东西。因为在早上，写作触及的精力中有一种清新的东西。我也会随身带一些碎纸，或小笔记本，随时记下我的感受。有的诗人讲究写作环境，但我在火车上也能写诗。我对写作和体力之间的关系比较敏感。体力不及，写出来的东西就容易陷入阴郁。如果可能，我总是早起写作。

习惯和诗的质量或许没有直接的因果关联。但保持良好的写作习惯，会让一个人从诗的写作中体会一些生命中最基本的乐趣。最好能从写作的习惯中再培养一点仪式感。隐秘的仪式感对诗的写作的帮助是很奇妙的。

诗和写作计划

我不太习惯制订写作计划。但在我的写诗生涯里，好像也确实有过制订写作作息表的时期，但即使那时，我也只制订一个大致的时间作息，并不要求自己严格实行。因为生活中总是有事情来干扰。从另一方面讲，诗是一种工作。就像画家从事绘画一样，它确实也依赖一个模糊的写作纪律。比如，我就很能欣赏纳博科夫、格雷厄姆·格林的写作习惯。纳博科夫是卡片上写小说，格林是每天就写500字(大致如此)。写够500字，就不写了。哪怕你还有不可遏制的冲动，还有更好的念头，也最好放下。这是写作中必须要有神秘的节制。为什么？这就和悟性与天性有关了。

我一直在反思我们中国人的书写文化。在我们的文化中，传统上，倾向于把写作看成一种仪式。我们有把写作仪式化的倾向。比如，在诗歌圈子里，你经常会听到有诗人说，他的写作习惯有多么多么讲究。桌子必须东西向摆放，窗户必须朝西边开。感觉是，写作只能在焚香沐浴之后才能从事。或者，必须等到灵感附体，才能进入所谓的写作状态。我觉得，这都属于自我神化，人为地制造写作怪癖。一个真正的诗人，必须像一个战士那样，必须葆有一种语言的机警，随时随地都能投入到写作的战斗中。写作时，要有仪式感，但不必把它搞得过于烦琐。

诗和个人

对诗人而言，最迫切的，最需要集中精力加以应对的，应该是诗人和语言的关系。其次，一个有动静的诗坛，应该比一个沉寂的诗坛，更具有活力。诗人之间有激烈的争论，对诗的发展而言，未必全都是负面的。我常常会这么想，莎士比亚的写作，就动机而言，能说是“避免浮华”吗？真正的有启示性的写作，恐怕还是要在个人的镇定和时代的喧嚣之间找到一种张力的平衡。我对浮华的写作，总抱以强烈的幽默感。我觉得，浮华作为一种诱惑，对诗人的写作构成了一种深刻的挑战。如果诗人的警醒能力足够强悍，它的可能性，相对而言，要比安静的写作拥有更多的机会。

诗的养分

诗的养分，我觉得很纯朴，也很神秘。我自己喜欢两个相关的说法：一，古人讲的——功夫在诗外。也就是说，在素材的意义上，诗无所不在。诗可以在任何事物中找出并还原它自己。还有一层含义讲的是，即诗的眼光是一种从外部返回的眼光。诗打量世界，静观万物，但更主要的，它还从别的事物中吸收其他的眼光。二,阿赫玛托娃讲过的,诗来自垃圾。但是诗能化腐朽为神奇。所以,我倾向于认同,诗是一种肯定性的东西。诗代表了一种肯定性的力量。新诗文化中有一种东西,现在到了反思的时候:即我们的现代诗性太留恋否定美学。诗和否定的关联,大都来自西方文化。它如何才能更好地纳入汉语,是一个很大的问题。西方的否定——它对虚无的洞见,它的独特的表演"上帝死了",无论多么激烈,它总是基督教文明内部的一种自我调整。但如果拿到汉语中来实践,我们的类似基督教文明的底盘在哪里?所以,这是一个很大的疑惑。西方的诗歌,以否定的面目参与审判,并塑造出一种审判的力量。这背后,都有很多诗歌之外的东西在协调。但我觉得,我们的传统不是这样。我们的否定,很容易从反抗绝望走向一种怨恨文化。诗的力量何在?我自己倾向于像布莱克的直觉,诗的力量源自天真之歌。诗站在天真一边。但这诗的天真不是鸵鸟藏头于沙子。布莱克也写过很严厉的长诗。在我看来,诗的天真奠定了一种立场,显示了针对存在的最深刻的洞察力。

诗和原始

写作本身,源于一种粗朴的原始力量。我虽然向往诗歌写作臻及的澄明之境,但在观念上,我并不觉得,诗的写作的目的最终要走向澄明。对诗歌审美而言,澄明太风格化,很容易将诗的洞察压缩成一种过于趣味化的东西。

诗和冒险

诗的任务是展现一种生命的境界。汉诗的传统，过去的方法是，倾向于将这种境界不断提纯。但我觉得，针对现代世界的复杂，假如我们过度提纯，诗的境界就会对诗人的体悟产生一种过度的迷恋，这种迷恋会导致诗的洞察的丧失。所以，我的基本态度是，诗人还是要有点探险精神，最好不要把诗的写作布置得太安静。

诗和生命表达

我们和诗的关系，如果论及缩影，这种关系在本质上是生命和自我表达的关系。诗是生命的一种自我表达。对人而言，这也许是诗的最基本的情形。作为一种生命的情形，诗当然和我们置身的社会文化环境有关。比如，如果周围的人都热爱诗歌，当然会对个人接触诗歌的机遇和状况产生很大的影响，但从根本上说，人们对诗的情感，对诗的热爱，还是基于生命本身的冲动，它是一种自我表达的产物。从这个角度讲，我觉得，诗和人文关怀的关系从未缩小过。在我看来，虽然这个世界日趋卷入资本的模式，生命的权力和尊严时刻都遭受着无形的威胁和侵蚀，诗对个人的生命情境的捍卫变得越来越彰显。

诗的写作在帮助我们获得生命的自觉方面，我觉得，在目前这种历史境遇里，几乎是无法替代的。毕竟，我们都被称为“语言人”。而诗的写作在强化和磨炼人和语言的关系方面是最自由的，最微妙的，也是最丰富的。在现代世界中，作为一种人文实践，只有诗还在真诚努力改变着我们对语言的新的使用，并借助这种新的使用，促进着我们自身的觉醒。诗歌文化在本质上基于这样一种信念，即如果想改变我们的生活，首先要改变我们的语言。现代世界中，和诗歌相比，大多数的语言实践都很程式化，并且备受现代意义上的工具理性的催眠。语言的使用，普遍存在着一种惰性。在此局面中，可以说，只有诗歌在努力抵御着这种普遍的语言惰性。只有诗歌渴望通过丰富的自由的语言表达，为我们展现生活的另一面。

诗的“理想的读者”

理想的读者，与其说是诗人对他者的一种期待，不如说是诗人对自己的一种探索。很多时候，诗的理想读者就存在于我们自己身上。他的面目似乎也不复杂：对世界保持一种好奇，有足够的幽默感，心态开放，善于倾听别人。对语言本身足够敏感，能接受新鲜事物。对陌生东西，要怀着必要的乐趣去看待它们。对自己一时还习惯的事物和格格不入的东西，要有伟大的同情。好像要求有点高，但我确实也是这样要求自己的。

诗，有可能是什么

作为一种文化现象，什么是诗？好像每隔一段时间，都会构成一种困惑。其实，更好的提问方式，或许就是不去追问——什么是诗？而是去探寻——诗有可能是什么？如果期待有确定的答案，那么，什么是诗——会把人搞得很无趣。但如果作为一种乐趣，甚至是一种步骤，经常想想什么是诗，没准会起到疏通管道的作用。

无论如何，由于我们具有语言能力，由于我们在天性中具有追寻诗意的原始冲动，世界，呈现在我们面前的世界，永远都不可能只是好端端地显现在那里，原封原样，静止不变。一个无法改变的事情就是，我们渴望通过语言揭示世界，甚至是通过语言拥有世界。诗的表达，是人类共同享有的一种能力。习惯上，我们觉得诗是反权力的，但就对世界的表达而言，诗又是一种权力的展现。所以，不存在普通人和诗人之间在领悟世界的诗意方面的绝对的分野。诗人的表达里，总会有代言的成分。诗人和普通人之间貌似有很深的差异，但其实，两者之间的身份转换，也可以在瞬间突然达成。诗人身上有普通人的一面，普通人其实很可能就是隐藏的诗人，未被发现的诗人。我们的诗歌文化喜欢夸大普通人对诗的拒绝。这其实是一种多虑。

人对世界的真相有好奇，对生命的真谛也有好奇。某种意义上，诗就是世界的真相的一个替身。诗也可以说是生命的秘密的一个原型。我觉得，这就是我们难以抑制我们总要以诗的方式去呈现世界的最根本的动机。此外，诗提供了一种对人的存在方式的积极的自由的想象。诗，扩展了我们对我们自身生命的体验。诗意，其实是我们生命本身所固有的，并不是外在的，不是由外部强加给我们的。我们的日常生活里其实充满了诗意，中国古代诗人尤其善于捕捉它们。从自我教育的角度看，诗积极参与生命的成熟、文化的积累。也可以这样理解，诗是它对我们的人生下定义的一种方式。诗，提供了切入人生的一种角度，同时，诗也展现了另一种生存景观。我觉得，最重要的，诗给我们的生命提供了一种更灿烂的、更富有异趣的空间。而与之相比，现实世界往往显得死板、乏味、灰暗、丑陋。总之，诗向我们显示了生命的可能性。诗，给我们的世界带来了一种意义。或者说，一种独特的意味。尽管有时，我们也会对意义保持警觉，但总体上，有意义，是件好事。它包含了生活的改变。

诗和散文

某种意义上，我不太赞同诗和散文在对待语言方面是“截然不同的”。就文学的表达而言，从原型意义上讲，文学意义上的散文语言很可能是从诗的语言中分化出来的。比如，这个线索可能在西方的文学发展中就很突出。所以，诗歌和散文在语言上有不同，但我个人觉得，不宜把这个不同想得太绝对。诗歌和散文的关系，在某些文学史时段中，可能区别很显著，给人以泾渭分明之感。但是，我们必须保持一种反思的警醒：就是这种情形很可能是特殊的历史语境中的特殊的语言遭遇。另一方面，在另一些文学史时段里，诗歌和散文在语言上的差异，又可能显得很模糊。比如，在我看来，我们现在所处的语言情形，从大的方面来说，从文学语言的历史性的角度看，诗和散文的语言的界限就处于剧烈而微妙的互相僭越阶段。小说，曾搞过诗化小说，比如里尔克《布里格纪事》。诗，也曾实践过散文诗。从现代的趋势上讲，诗和小说，都受益于文学向日常语言的开放。相对而言，小说在这方面获益最多。诗，在这方面其实也大有可为；但我们对诗的偏见太多，在很大程度上抑制了诗歌语言和日常语言之间的可能性。

诗和孤独

诗的孤独，既是一个生命事件，又是一个文学事件。在现代社会中，诗人和公众的对立，让诗人感到孤独。我们前面提及的，诗歌的地位在现代社会中的衰落，诗的文化角色的边缘化，又加深了诗人的孤独。但某种程度上，这还只是生存意义上的诗人的孤独。这种孤独，虽然很烦人，但毕竟还是容易克服的。比如，只要协调好自己的世界观，诗人的孤独很可能看上去就不过是一种情绪现象。

诗人的孤独和诗的孤独还有很微妙的差别。诗人的孤独和诗的孤独，还不是一回事。日常生活中，很多诗人谈及的孤独，听上去更像是一种文化撒娇。这种诗人的孤独，也许把它看成是个人修为的缺陷更合适。诗的孤独，涉及更深刻的生命的审美感觉，以及文化的命运。古人讲诗言志。用现代的话说，诗关乎一种根本性的生命欲求。这种欲求，在某种程度上，甚至参与了对人的生命形象的自我定义。换句话说，诗是一种核心的生命技艺。从这个角度讲，诗其实是一种秘密的知识。诗是我们的一种灵知现象。但，倘若我们环顾一下现代社会对诗的态度，我们就会感到隐隐的愤怒。在现代社会中，世俗的偏见，加上现代的功利主义，不断对诗歌妖魔化，这种妖魔化不仅从公共舆论方面加以实施，而且从日常的文化感觉方面恣意丑化诗和生活的关系。我将这种情形看得很严重，也深感愤怒。对我来说，这等于从生存的机遇上剥夺了人们的自我觉醒的可能性。

诗和日常性

诗和日常之间的关系，其实很微妙，也有很多褶皱。从根本上讲，这种关系涉及的是诗歌的想象力和文学的经验之间的自我协调。但这个话题，在当代诗歌语境中，又牵涉到很多复杂的诗歌背景。比如，诗人对日常性的回归，是和 20 世纪 80 年代整个当代诗歌对以往的政治抒情诗的反思联系在一起的。20 世纪 80 年代之前，当代诗的模式受政治抒情诗的影响，越来越趋向主题的空洞和语言的虚假。诗的主体性也变成了一种崇高的假面。这种局面，不仅年长的诗人感到厌恶，年轻的几代诗人，比如第三代诗人，也感到深深的厌烦。所以，从诗歌的发展线索看，当代诗对诗的日常性的展现，具有一种回归的趋势性。诗人的写作从诗歌和日常经验的关联，找到的不仅是一个突破口，而且随着不同诗人群体的迅速参与，诗的日常性也演变成了当代诗的一个最具有活力的源头。可以这样讲，诗的日常性，是当代诗歌话语转型中的一个高效润滑剂。

事情发展到今天这一步，我觉得，我们对诗歌和日常性的关系，也要有一个新的警醒。比如，我从来就不赞成在诗和公众之间，使用诸如“回到”这样的措辞。如果我们确定诗歌真的来自“公众”，那么，使用“回到”还勉强可以接受。但正如俄罗斯诗人阿赫玛托娃讲过，就来源而论，诗来自垃圾。从文化原型的角度看，阿赫玛托娃的说法，也有启发性，也很有震撼力。它特别适用于我们对现代诗和现代社会之间的渊源关系。在这种情形下，我们就不能使用“回到”。

另一方面，与其说——诗需要回到公众，不如说——公众更应该回到诗。诗，从生活的日常性中获取了很多素材，也获得了很多新鲜的灵感，诗的日常性也可以算得上是一种诗的活力，但是，我觉得，如果仅仅把日常性定义为诗的追求的一个单向度的对象，这就很有问题。这实际上限制了诗的经验的来源。诗和日常性之间的关系，从根本上讲，是一种相互间的加深关系，而不是一种互为源头的关系。诗的日常性，不是诗的想象力的来源，也不是诗的想象力的终点。从文学的现代性的角度讲，诗人回避日常性，肯定会构成一种很大的自我损害。但如果片面强调诗回到日常性，也会构成一种很深的想象力的内伤。

就对象而言，诗和日常性之间，其实也可以是一种彼此之间的相互发现的关系。诗，通过日常性这面镜子，能看到自己更为丰富的形象。日常经验，日常感觉，也可以通过诗的眼光，加深它和人的生命之间更为细致的联系。就诗和生命之间的表达关系而言，我倾向于将诗的日常性看成是一个非常重要的角度，某种意义上，它也可以说是一种非常根本的角度。但必须指出，它绝不是唯一的角度。目前，在谈论诗和日常性的关系方面，好像存在着一种过于专断的诗歌氛围：一个诗人假如在诗的表达中不够凸现日常性，就被讥笑为“不接地气”。这样，弄来弄去，“接不接地气”仿佛成了判断诗歌好坏的一种尺度，就把当代诗的格局弄小了。

诗人和误读

每个优秀的诗人都曾遭受过误解。像弗罗斯特这样的，今天看来如此经典的诗人，在他的诗歌生涯中，也曾长期不被接纳。如果不是庞德及时伸出援手，他可能还会埋没很长一段时间。济慈的命运，波德莱尔的命运，甚至奥登也曾备受误解。大诗人哈代也曾被轻描淡写地看待。哈特克兰作为诗人的命运，也令人唏嘘。诗是高贵之物，这种特性，注定了诗人要遭受误解的命运。二十五岁之后，如果还决定做一个诗人的话，我们首先要面对的就是，如何承担这种针对诗人的误解。做一个诗人，不仅要在想象力方面足够强大，而且在生命意志方面足够强大。而在有的生存境况之中，即使个体足够强大，面对人性的阴暗，生命的晦暗，我们都不足以绝对摆脱针对诗歌的同时也针对诗人的误解。遭受误解，应算是诗歌的基本命运吧。

在这方面，我的确寄望于每个投身于诗的人能足够走运。谈论诗人的运气时，我曾被质问，是否足够走运？与我在诗歌写作上付出的辛苦相比，我觉得，我不算走运。但我依然这么看，与海子的命运相比，活到现在，我居然还能有机会写诗，而且对诗歌的感觉依然如此丰沛，所以，我觉得自己还是有运气的。在这方面，我也不太喜欢抱怨。比如，我从不喜欢抱怨我的诗常常被人误解。我觉得，我自己尽了力，在我精力充沛的时候，我体验过诗歌写作的巅峰状态，如果这一切一时半会儿不被理解，也没什么好幽怨的。基于审美观念上的误解，就更没什么好说的。伟大的纳博科夫还认为伟大的司汤达是文学小丑呢。所以说，好诗必须经得起误解。伟大的诗更要经得住来自他者的敌意。好的诗人也一样。

很多时候，我会积极看待诗人遭遇误解的情形。比如，我觉得，来自他者的误解，假如过滤掉心理层面的东西之后，往往也会促进我们对诗的更深邃的觉察。举个例子吧。四十岁前，我喜欢华莱士·史蒂文斯的诗远远胜过喜欢弗罗斯特的诗。但弗罗斯特却特别讨厌史蒂文斯。有一阵子，我因为弗罗斯特讨厌史蒂文斯而拒绝阅读弗罗斯特。但大约十五年前的某一天，我突然意识到我从弗罗斯特对史蒂文斯的嫌恶中，获得了新的启示。这种新的启示近乎一次深水中的障碍爆破。它既让我重新认识了弗罗斯特，也让我更加喜爱史蒂文斯。我觉得，最了不起的诗人都曾从别人对他们的误解中获得过深刻的启示。某种意义上，我不在乎别人误解过。或者说得轻松点，我真正感到恐惧的诗人情形是，一个诗人从未被人误解过。

最好不要将诗人和大众的误解之间的关联，搞得像忆苦思甜。

这种关系里其实也存在着最戏剧性的内容。它没准还是诗人命运中最好玩的部分。反思自己的诗歌阅读，我发现我自己也经常误解别的诗人。比如，三十年前，我一点都不觉得谢默斯·希尼写得有多好。或者说，我能感觉他的诗写得还不错，但比泰德·休斯的《栖息的鹰》差远了。如果逼我使用个人观点，我觉得，一首泰德·休斯的《马群》胜过五十首希尼的诗。但是现在，我会觉得希尼的诗写得真的很伟大。泰德·休斯的伟大里包含着对人性的暧昧的厌恶，泰德·休斯身上的诗歌智慧更为苛刻，也更为残酷。而希尼则不一样，希尼身上的诗人智慧更愿意积极地承担人类的弱点。

我的想法是，作为诗人，作为读者，我们要学会及时地修正自己，我们都该从别人对我们的误解中，以及我们对他人的误解中，获得积极的启示，且学到新的东西。诗的误解本身，也孕育了积极的理解的可能性。

诗的好坏

从诗歌文化上讲，对诗歌的好坏的判断，在本质上，一定是基于个人的。作为一种诗歌情形，这可能很糟糕。因为它容易耽误事情。比如，我经常听某些人嘚啵，奥登写得也没什么呀。也就是说，任何时候，判断一首诗的好坏的时候，我们置身于其中的智力情形，是很危险的。另一方面，尽管存在着很大的麻烦，但某种意义上，这种顽固的个人角度，也体现了诗和人类的关系中最有趣的部分。

如果我们的判断力足够精准，并能保持一种适度的张力视野，尽可能接纳不同风格的诗人，我们也会节约很多高贵的文学时间。所以，诗人和读者，都必须不断磨炼他们对诗歌的判断力。从我们对诗的误解中获得新的理解，这肯定是一种新生的方式。

诗和先锋性

在不同文学史情境中，先锋性的含义会有很大的差异。但我觉得，从诗的写作的角度看的话，诗和先锋性的关系，似乎是诗人绕不过去的一道门槛。甚至,极端地说,诗的先锋性是一面魔镜。经常用它照照,不仅对培养诗人的自我意识,而且对激发诗人的艺术感觉,都会有意想不到的效果。

诗的先锋性,在特定的历史情境中,很容易被神话。比如,在20世纪70年代末期。朦胧诗的模式中,诗的先锋性就被神话化了。而且更不幸的,它被简约成几个过分简单的审美指标。不过,这种神话在自我塑造的过程中,也会发生很大的扭转。

对先锋性保持好奇,在新诗的命运中,或许意味着一种诗的责任。在很大程度上,诗的先锋性,对新诗的实践来说,也许不是什么对错的问题。诗的先锋性,和新诗的开放性有关。所以,我更愿意强调,诗的先锋性,对立志于从事现代汉语的诗意书写的人来说,它首先意味着一种责任。

诗的先锋性激发了诗人对新的表达方式的好奇。

诗人对新的表达方式、新的语言的可能性,甚至古典和现代之间的新的连续性,感到好奇,说到底,它其实是对在诗人的创造意识中激活了的一种新的认知的意愿的反应。

另一方面,诗的先锋性,诗人的先锋派身份,往往也受制于不同的文学场,它们的含义也会有很大的差别。诗人的终极身份,往往是由他是不是一个好的诗人来确定的。先锋不先锋,某些时刻,好像很重要;但从文学症候的角度看,它们都不是最根本的。埃兹拉庞德,在我们的心目中,肯定是一个伟大的先锋派诗人。某种意义上，庞德的确也是。但当我们如此确定的时候，也还是要小心一点。因为按庞德本人的文学理想观，他更想做一个古典诗人。或者说，他更想成为一个颓败的现代世界中的古典诗人。越古代的，越现代。越现代的，也越古典。这些对庞德的文学感觉而言，都不存在着界限上的问题。T·S·艾略特也是如此，他本人曾明确宣称自己在文学上是古典主义者。所以，问题根本可能涉及我们每个人对文学的时间性的理解。

对文学而言，时间是最具可能性的东西。但在我们的诗歌场域里，往往按新旧的序列来狭隘地割裂诗歌和时间的关联。这种狭隘性，一方面把古代的东西过度价值化；一方面又把现代的东西过度价值化。比如，从对现代性的恐惧出发，它会把古代的东西都美化成我们的遗产，对新的诗歌实践一概加以排斥。而对古典文学的成就缺乏耐心的人，也往往会强烈地感到古代的东西所构成的一种深深的压抑，这对新的文学表达形成了一种巨大的阻碍。只有彻底颠覆古典诗歌，新诗才能获得自身的发展。毋庸讳言，我本人也曾深陷在这种非此即彼的诗歌选择之中。好像热爱现代的表达，就必须彻底疏远古代的东西。而如果适当关注古典遗产，又会在心理上感到对现代的审美有一种暧昧的背叛似的。

某种意义上，应该说很幸运吧，我已走出了彼时的困窘。在我看来，现代汉诗要想写得大气，有出息，我们就必须有能力重新建构并猛力激活古诗和新诗的关联。又比如，传统和现代的关系，我们也需要经常加以调整。对诗歌写作而言，传统，可能只是现代场域里的一个独特而强悍的现象。而现代的东西，也必须有一种创造的自信，就是它必须有能力经得起传统的打量。传统和现代，某种程度上，都是诗歌写作的资源。另一方面，从切身的生命感受而言，我觉得，作为一个当代诗人，我们还是要从现代出发。

当然某种意义上，一个诗人也可以任性地宣布，他就是要从古代出发。但我是这么想的，今天我们称之为先锋的东西，或者今天我们称之为现代的东西，随着时间的流逝，它们终将是传统的。所以，争论归争论，争吵归争吵。但在心态上，我们还是得有点幽默感。

诗和批评

诗和批评的关系，从来都很麻烦。根据文学传记的观点，伟大的英国诗人济慈就是被恶意的诗歌批评害死的。波德莱尔和批评的关系，也令他深感受挫；虽然我们现在知道，波德莱尔本人就是很了不起的批评家。关于诗人的写作硬伤，或称诗歌写作中的灯下黑，我觉得，最好由诗人自己来发现。读者的评判，或者批评家更为敏锐的点拨，其实只是在非常特殊的情形中，才可能会实现。虽然古人有“听君一席话，胜读十年书”的训诫，且用于诗人和批评的关系，好像也很有道理。但从根本上，诗人对自己的写作局限的觉醒和省察，必须由他个人来独立完成。在这个过程中，诗人可以汲取别人的建议或批评，可以借助我们的诗歌传统的知音文化，来获得一个瞬间的强有力的文学领悟。但从诗人的创造心态来讲，他不能依赖这种来自外部的批评。

从写作的角度看，批评能力，其实是人的表达欲求中最基本的一种能力。读者阅读作品，需要用到他身上的批评能力，诗人写东西，也要用到他身上的批评能力。批评能力，并不是批评家所独占的一种文学能力。某种意义上讲，只要我们从事写作，就必须拓展自身的批评能力。所以，我倾向于这么看，批评能力其实是内置于写作本身的一种语言机制。如果仅仅把它理解为一种文学才能，就会对写作者的眼界造成一种严重的内伤。

诗的批评，在以往的文学史语境中也存在着种种问题。文学史上，很多诗人都看不起批评家的批评。一方面，很多优秀的诗人高调宣称，从不读相关的诗歌批评。甚至将诗的批评贬低为一种寄生性的写作。

另一方面，在诗人积累其象征资本的过程中，好的诗歌批评起到的作用又如此关键。没有好的诗歌批评，不仅诗人为公众接受的时间会延误，而且诗歌的成就的确认也会面目不清。所以，我觉得，看问题不妨幽默一点。诗和批评的关系，诗人和批评家的关系，都不要把它看得太绝对。善意的、敏锐的、富有启发性的批评，不仅对诗人的写作有帮助，同时也会对诗歌的文化生态产生有益的影响。

诗的批评，可以来自外部，比如他人的批评。但对一个真正的诗人来说，诗的批评必须来自内部。一个诗人也必须有意识地发展他自身的批评能力。如果一个诗人想在写作中走得更远,他就必须不断磨炼并依赖他自身的批评能力。

新诗:有何失败可言

成功或失败,这样的字眼恐怕不适合谈论诗歌。诗的事情,我觉得还是莎士比亚的感觉最接近一种真相:那就是生存还是毁灭。成功或失败,都把诗歌引向了一种特殊的问题。但在我看来,把诗作为一个问题来看待,很可能是现代知识分子文化中最末流的一种探究方式。里尔克早就鲜明地表明过一种立场:有何胜利可言?这样的立场当然也排除了用失败的方式来面对诗歌的情形。因为从根本上讲,对于诗的自传,我们也可以这样诘问:有何失败可言?晚清以降,按现在流行的文学史叙事,古诗遭遇了新文化的彻底颠覆。但回到诗歌内部,回到汉语的诗性传统,难道我们会浅薄地以为古诗失败了?同样,自新诗诞生以来,中国现代新诗的实践,不断受到来自诗歌的传统派的各种诋毁;我们几乎隔三岔五就能听到有人会跳出来惊呼:新诗已走入歧途。但仅凭这样的叫嚣,及其背后的文学舆论的聒噪,我们就会默认:新诗失败了吗?

诗和存在,文学史的一个角度

就文学现象而言,诗是一种存在,一种发生学的产物。或者,按我现在的体会,新诗的出现,正如地球的板块运动,它其实更接近于一种文学的地理现象。成功也好，失败也罢，对于诗的这种神秘的存在性而言，都是很外在的角度；顺着这样的角度，倘若能得出什么结论，也必然是很浅薄的观察。谈论当代诗的最新进展，诗人共同体首先必须学会摈弃这些干扰。我觉得，中国的新诗，中国的当代诗，取得的最大成就是：历经百年的实践，它已赫然存在在那里。这种存在性，既基于古老的诗性的表达的冲动，也源于多变的顽强的现代敏感；最重要的，这种存在，它不再会因人们的议论或评价而有丝毫的改变。

举例说吧，即使再有话语权的人发狠断言新诗已失败，新诗的存在本身也丝毫不会受到这种判断的影响。换句话说，当代中国新诗已获得了一种诗性的书写意志。在我看来，这恐怕是它取得的最大的文学成就。经过百年的实践，几代使用现代汉语的诗人，虽然走过不少弯路，在极端狭隘的历史格局中进行了拼力的挣扎，但客观地讲，当代中国诗已跃上了一个高原；当代中国诗人终于获得了一种强大的诗歌能力，在措辞方面，在诗性洞察方面，在灵活处理诗的素材方面，在风格的力量方面，我们终于有了可以应付各种复杂的当代问题的文学自信。也不妨这么说，通过对现代汉语的创造性地使用，我们造就让现代汉语和诗性表达之间的关系，变成了一种语言的现实。这绝对是值得骄傲的事情。

新诗，作为一个文学事件

作为一个文学事件，新诗刚刚产生的时候，几乎所有的人都对新诗的语言能力抱有一种根深蒂固的怀疑。这种怀疑甚至在鼓吹新诗的阵营里,也很普遍。所以,我们今天再翻看新诗的发展史,会发现那个时代的人,特别是知识分子群体在书写新诗时,几乎都带有一种玩票的性质。大家只是觉得,新诗作为一种现代事物,应该支持它。至少,这样的立场符合那个时代文学的政治正确。但是,新诗的水在文学价值上究竟会有多深,所有的人其实心里都没有底。胡适是如此,周氏兄弟也是如此。才高的闻一多后来也不得不转向古典研究。即便像卞之琳这样的大诗人,到了晚年,私下里也不过觉得新诗是一种雕虫之技:言下之意,新诗似乎担当不了大任。从文学潜意识的角度看,这些表现其实都是对新诗的语言及其现代功用缺乏洞察的反应。

其实,这里面有一个大问题。也就是说,在新诗的发轫时期,现代汉语是作为一种特殊的现代事物被发明出来的。从语言学的角度看,现代汉语的发生及其传播,都带有很深的现代工具理性的痕迹。在骨子里,现代汉语在语言观念上侧重的是现代的交流,它的语言图式是清晰和延展。按现代性的标准,清晰和延展,在语言的表达方面,都指向一种逻辑的连贯,和意义的确定性。如果我们去细心辨认胡适有关新诗语言的设计方案,就会明显地感到这一点。按这样的语言学路径,现代汉语和诗性书写之间丰富的关联,其实被人为地狭隘化了。

但从大的方面讲,胡适也没有全错。胡适对新诗的语言和清晰性之间的关联的心裁,毕竟为重构现代汉语的现实感奠定了一种方向。按胡适的想法,古代汉语在诗歌的书写方面，缺乏现场感，过于偏重记忆，不能有效地介入人生的历史场景；这是古代汉语在应对现代事物方面表现出的天然的缺陷。而现代语言对清晰性的要求，可以解决这个问题。在新诗百年的实践中，胡适的新诗语言观尽管颇受物议；但其实，经过新诗的文学场域的合力修正，我们现在使用现代汉语表达诗性的感受时，已经能将诗性的感受和风格的精确锤炼得相当自洽。现代汉语在诗的功用方面最大的特点是，它可以在我们的现代意识中激活一种连贯的绵密的语言流动。

另一方面，正如我上面谈到的，现代汉语在推广之初，其实相当偏向于工具性，偏向对语法的逻辑性的过度迷信。按当时知识分子诗人的设想，新诗的书写对语言的含混，语言的延宕，语言的发散，其实是相当排斥的。这种排斥相当专断，以至于连为新诗摇旗呐喊的人，都会在私下里感到压抑。所以，新诗历史上，才会发生周作人为李金发的诗叫好那样的事。周作人并不真懂李金发的现代性，但是周作人懂诗性语言的基本要求。更为可贵的，周作人虽然用古典诗学的含蓄观来发泄他对新诗的口语倾向的不满，但就审美立场而言，他并不保守。他依然愿意汉语能获得一种现代的感性。李金发的诗，简单而言，就是它贡献了一种现代汉语在表达上的陌生性。这种陌生性强化了汉语和现代意识之间的深刻关联。从这个角度讲，中国当代诗对现代汉语的贡献是非常大的，也是不可或缺的。即当代诗的异常多样的具有开创性的写作，为现代汉语带来持续的陌生性。这种陌生性不仅体现在语言的表达上，更重要的，也体现在诗人使用的视角方面。可以这样讲，正是由于当代诗的实践，我们强化了现代汉语和现代审美之间的关系；不仅如此，我们也深化了现代汉语和现代感受力之间异常丰富的关联。最重要的，由于当代诗的书写，我们有效地从语言表达的内部改变了现代汉语对语言的工具性的过度信奉。以前，大家只是觉得现代汉语用来表达观念是没有问题的。现在，至少当代的中国诗人已表明了这一点：现代汉语足以表达任何诗性的感受。

新诗的别名

关于新诗这个称谓是否恰当，一直纠结着新诗和知识共同体最敏感的神经部分。

我原先也对这个话题感到焦虑，但现在说实话，不怎么会对这个问题感到焦虑了。现在，想从理论上解决这个问题，不是不可能，不过论述起来会相当烦琐；而且按我的预感，即便我们在诗人共同体内解决了这个问题；回到当代文化的公共领域里，人们还是会有困惑。这种困惑是人性中的愚蠢的一种自然流露，无药可治。其实，新诗，现代诗，现代汉诗，当代诗，这些称谓都对应于不同的谈话场合。它们之间的内涵和外延，在我们现在所处的这个历史情境中，互有重合，又有区别。

比如，站在诗人的立场，当代诗人基本的共识是，我们现在所写的“当代诗”，其实已和“新诗”没什么关系。但这种感觉，可能只属于来自写作内部的一个视角。真要放到文学史的语境中，或者放到文化史的语境中，未必能获得多少应和。就我而言，当代诗已彻底颠覆了五四新诗的基本理念。它肯定属于一种新的诗歌书写类型了。

我的基本想法是，如果想要准确的名称的话，这个问题恐怕现阶段无法解决。如果我们想做一个和具体的诗歌现象拉开点距离的探讨，使用“现代汉诗”这个名称，可能更适合进行一种相对而言比较客观的文学史观察。但沿着这个路径，即便我们对新诗的百年实践做出很好的阐释，这个名称要想被普遍接受，也要看运气。

回到当代的写作情境，如果有人问，我肯定会明确地回答，我写的不是新诗，而是当代诗。但如果回到汉诗本身的发展脉络，从大的历史格局来看，我们现在所写的当代诗，恐怕依然要处于某种“新诗”的阴影之中。这个也没办法。我们恐怕无法阻止人们不将我们写的当代诗误解成我们依然是在写新诗。人性的愚蠢在判断中国新诗方面表现出的花样，就把它当成我们的炼狱经历吧。而且我理解，这种麻烦，是我们作为当代诗人必须付出的一种代价。

新诗百年，遗迹种种

在诗观方面，胡适的看法虽然有点粗糙，但这种粗糙，回到文学史语境中，却包含着奇妙的启示性。这一点，一直很吸引我。换句话说，胡适的“浅薄”，其实是非常深奥的。艾青的直觉，特别是他对新诗的散文性的敏感，是一个异数。卞之琳，绝对是个大诗人，他可以说是第一个运用现代汉语而接近现代智性的诗人。他的谦卑，近乎一种狡黠的文学骄傲。这个，也很有启示性。穆旦的天真，更是一笔明显的财富。戴望舒的语感，虽然不够稳定，但感觉找对了的时候，戴望舒绝对是一个令人钦佩的人物。谁能把洛尔迦的诗在汉语里翻译得那么出色？作为一个文学事件，在大家都迷信意象的时候，海子对意象的极端的排斥，也很具有启发性。顾城的《颂歌世界》，我觉得很了不起。韩东的“诗到语言为止”，也很了不起。钟鸣，当代诗坛几乎已感觉不到这个人的存在，但其实，他绝对是个语言大师。王敖的写作，对当代汉语的感性而言，毫不夸张地说，起着压舱石的作用。新诗实践历经百年发展到今天，我们已拥有一批出色的优秀诗人。他们的写作已足以改变整个汉语的诗歌史。

诗和标准

诗的标准就是天才的标准。幸运的是，在诗的书写历史中，我们会遭遇到不同类型的天才，有让人深感意外的天才，有孤绝的不太按常理出牌的天才，也会有集大成式的人物。此外，诗的天才，不限于特指某一类人，它更多地指向一种状态。在本质上，它是一种诗歌能力的自转。不那么天才的诗人，只要运气好，也可以置身到这种高度亢奋的创造状态之中。按我的观察，唯有天才的写作能给诗歌制定某种标准。

其他的，比如，我们在具体的日常场合，或是在严肃的学术场合里，触及的和诗有关的好坏的标准，都不会很可靠。诗的标准，只能来自诗。一方面它和年代没什么关系。这也是我说只有天才能确定诗的标准的一个理由。诗在本质上就是一种生命的欲望。一种神秘的表达。古人说，诗言志。就此而言，诗的标准的给定理由，其实全赖天意。

如果回到写作内部，新诗的写作其实也深受标准的制约。甚至可以说，它触及的标准问题远比古诗的书写要多得多。古诗的写作图式基本上偏于格律体，意境、辞藻、声律之间的自洽性，是给出标准的基本来源。而新诗的写作图式偏于自由体，借助的是从散文内部锤炼散文的诗性，好的标准基本上是由诗的洞察力、语感的亲和力、感受力的复杂和微妙、语言的陌生性给出的。

什么是诗？这样的问题，用标准这样的思路是没法解释清楚的。极端地讲，从起源的角度看，诗是没有标准的。因为诗的冲动涉及的是生命的表达欲望。古人说，诗言志。这也只是讲了——诗在做什么，诗可以做什么，诗能做什么，但里面并没有要确立标准的意思。诗言志，大抵讲的是诗和生命的自我觉醒的关系。人可以在诗性的表达中，追寻他自己的最深刻的生命形象。反过来，被言述的这个“志”，又强化了诗和生命的感受力的特殊的关联。

从这个角度看，谈及什么是诗，诗首先是一种奇妙的神秘的感受力，它本源于生命的审美冲动。在人的潜能中，我们对诗意的感受是天然的，也是深邃的。任何时候，诗的定义都和这种奇妙的感受力有关。其次，诗的表达有一个核心原则就是：震惊。诗的表达有自己的强度，它必须诉诸意外，超常规。

诗在修辞方面的这种特性，杜甫其实已表达得相当精彩：语不惊人死不休。对诗性修辞的这种强悍的追求，无知的人喜欢将它诬名为文学的形式主义，或技巧之上。其实，这种追求代表了最核心的诗的意志：修辞的独特和完美具有一种提升生命本身的能力。具有震惊效果的修辞，实际上是一种最内在的生命能力的体现，它能向我们展示荷尔德林所说的“更高的生命”。

当代诗的确认机制

中国的当代文学还是要有自尊意识。你知道你的文学能解决什么问题，要解决什么问题。人家对你的评价、好奇、翻译、介绍、展览，甚至把你放在世界文学格局里去描绘，固然不错，但我们对此还是要有一个放松的心态，别把这个东西变成一个最终的认证机制。汉语诗人的诗歌好坏，最终还是要放在母语的诗歌系统里去认证。在我看来，当代诗歌写得已很好，但是有个大问题：当代诗歌的认证机制，远远没有建立起来。这是非常大的缺憾。我们有这么多诗歌奖，可是哪个能真正被信任？不能说没有，但是很少。这些诗歌奖本身可能很好，设立的动机都很好，评奖也认真，但都在诗歌文化上缺少一种认证责任。长此以往，人们就对诗歌评价机制丧失了信任感。这是非常可怕的。反观西方诗界，我觉得有一点特别值得借鉴，他们的诗歌文化对诗人的认证是非常严格的。对如何奖掖诗人的创造，西方的认证机制显得既有序，又多样。比如叶芝，在其不同的诗歌阶段，每出一本诗集，都有优秀的批评家做出相应的评价。赞扬也好，否定也好，都会把依据的标准说得清清楚楚。这些评论，会随时间积累下来，并渗透到诗歌的文学场域之中发挥作用。这样，就会慢慢积累出一个评论诗歌的框架。中国的诗界现在就没这种东西。很多很好的诗人出了诗集，也没什么像样的评价。再看西方诗人之间的交流，沃尔科特会评论布罗茨基，布罗茨基评价希尼，希尼又会评价沃尔科特，沃尔科特会评论希尼。这在我们这里，会被阴暗地贬损为一种圈子化的现象，随后会谣言四起，谩骂围攻，也会刻意诽谤成是小圈子里的利益交换。这就是我们目前的诗歌生态。但在西方，诗歌的阅读在很大程度上是靠优秀诗人之间的互相评论来促进的，而它积累的成果就是一种值得信赖的诗歌认证机制。

西方对中国当代诗的评价也许很重要，但我们不能依赖它，更不必要把它夸大。现在很多诗人喜欢把西方的反应夸大。我去过美国，也去过欧洲，还在日本教过两年书，参加过一些诗歌活动。我觉得，没必要把在这些诗歌活动中的插曲忽悠成大幕。比如，你朗诵完诗歌，有人走过来对你说：Good-Job！你就回来写东西说，你的诗很受西方读者好评。真的，没必要这么自欺欺人。人家就客气一下，没必要拿着鸡毛当令箭。要是真看好你的诗，人家会把文章拿到纽约书评上去发表的。

不过，我赞成推动国际之间的诗歌交流。这意味着，诗的生产已发生了某种改变，出现了新的背景。这对西方很重要，这同样对我们也很重要。多年来，我一直坚持认为，中国新诗的实践，如果放到世界现代诗歌的格局中去看，其实是非常特异的。从实践上看，中国新诗面临的压力，要应对的艰难，是西方没有的。我们的新诗不仅面临着东西冲突之间的撕扯，也面临着古今冲突之间的挣扎，重重困惑和疑难，经历史和政治，交叠在一起，层层压向新诗的写作。这样的语言压力，我以为必然会在诗的写作中激活新的办法。一定会有新的东西，以独创性的面目显现出来。这种诗的状态，绝对值得西方来关注。新诗的机遇在于我们的诗歌经验的复杂性和独特性，你可以忽略它们，但它们无法被取代。中国诗歌如果有机会，也要走出去。是骡子是马，拉出来遛遛。诗的交流肯定有助于诗的激发。

关于西方翻译中国诗歌，我们也要有个清醒的认识。目前有影响的翻译中国当代诗的人，大多是上了年纪的汉学家。他们基本在大学任职，很勤奋，做过大量有益的工作。但在精力上、体力上、视野上，还是会有局限。20 世纪 90 年代以来，涌现出大量更年轻的诗人，他们已无法加以系统地跟踪评估和翻译。这在译介当代中国诗歌方面，会造成一个短期空档。另外，翻译中国诗很难。这和我们对西方诗歌的翻译不同。年轻一代的中国最优秀的诗人，基本都懂外语。但从翻译的角度看，西方的情形可不是这样。懂中文的人，又对当代诗感兴趣的专业人士实在太稀有。他们翻译诗歌的队伍很小，就意味着西方在接触当代诗时的范围是有限的，某种意义上，运气的成分更多一些。你碰巧遇到一个好的翻译家，你可能就被介绍得快一点。总体说来，西方翻译我们的速度，在能力和视野上，目前来看，还是很狭隘。这在短期内几乎无法改变。我们有很好的诗人在西方获得了译介，但更真实的一幕，我们还有太多更好的诗人没被译介过。

诗和交流

诗是写作的产物。似乎是一个常识。诗和交流的关系，却常常显得晦暗不明。中国的诗歌传统中，其实对诗的交流有过很好的安排。第一，它依赖诗人的文化共同体。第二，如果文化共同体反应迟钝——这种情况很难免，所以，诗的交流最珍贵的方式，就是知音传统。但在现代社会中，作为一种文化现象，诗的出版和传播在很大程度上决定着诗的面貌。更常见的情形是，诗的交流越来越多地发生在社会共同体之中。诗是写作的产物，看上去更像是，“诗是交流的产物”的一个前提。

诗的交流在确定诗的面貌中的作用越来越大。但是很不幸，诗的交流也越来越晦暗地流于随感而发的议论。所以，作为一种现代的遭遇，诗必须经得起人们的议论。诗的好坏由此产生。不过，既然源于人们的议论，这就说明诗的标准必然是相对的。说古代诗歌有标准，其实也不确切。我们现在观察到古诗的标准，其实是经过相当漫长的演化之后的一个结果。我敢断言，假如我们把观察古诗的精力分出百分之五，那么，我们其实也能在新诗的实践中建立起一个大致稳定的评定系统。而这需要文化共同体的合力。但现今的状况，我们几乎没有耐心付出这样的精力。

新诗如何确立自身

我觉得，说新诗没能确立自身，这基本上是外行无意中给新诗下的套。我们最好是不接这个茬；因为怎么接，总会有人无知地说，新诗还没确立自身。什么叫确立自身？康德讲过一个视角，疑惑时，最好抬头仰望一下星空。宇宙还在神秘地不断裂变自身呢。宇宙都还没能确立自身，为什么非单单要求新诗确立自身？这不是逆天嘛。这个，我真想不明白。所以，我的直觉，这就是一帮笨伯给伟大的事物下的套。

诗和本能

为什么要写诗？这大约是世界最怪异的问题之一。它原本是他者的问题，却以自问的方式试图将你引入一个文化的圈套。

按诗言志的逻辑，写诗是不需要原因的。假如有原因的话，这原因就是一个人在他的天启的瞬间突然意识到，假如不写诗的话，他可能会错过生命中的某种东西。

作为一种生命的表达，一开始写诗，必然和一种新奇的语言感受有关。这种新奇的语言感受，能突破日常生存中很多可耻的谎言，刺激一个人回到生命的本意。因为在我们的成长过程中，我们所受的教育里有很多谎言，而诗的表达倾向于天然的，不受羁绊的，自由书写。这种自由的抒写能激活一种生命的觉醒。后来发生的事，也很正常。因为只要一个人还有点抱负，那么他在一个行当里浸淫久了，他自然就会琢磨这个行当里的秘密。

诗的书写，在我看来，它既能激活生命本身的觉悟，又能激发一种独特的快感。而且据我模糊的感受，这种书写的快感，还指向了一种生命的权力。诗是神秘之物。在现实层面，它无用，它是我们对世俗身份的一种极度的浪费。但就个体生命的自我完成而言，写诗又参与塑造了最本真的那个我。按布罗茨基的说法，诗激活了审美意义上的理想的生命形象。所以，写诗这活计，说大也大，说小也小。但有时我真的会这么想，假如不写诗，我会失去我的面目。

诗歌批评的立场

诗和批评的关系是诗的历史演进中最奇特的一幕。必须记住一个事实，诗的好坏不是由批评本身来决定的。但是，诗的批评却可以磨炼诗人的意志。理想的情况下，诗的批评是诗人的炼狱。

诗人从事严格意义上的批评，是现代文化的产物。对我来说，诗人的责任，是把好东西发掘出来，而不是用自己的聪明才智专门盯着对方的缺点。这也是我在诗的批评上持有的立场。一个批评家真有本领的话，应该去关注别人的优点，而不是死抠别人的缺陷。

诗和争论

说到诗人之间的争论，我的看法是：诗人之间，争论也好，争吵也罢，相对于诗的秘密而言，真的是轻若鸿毛。当然，诗人之间的争吵，如果基于见识和素养，在特定的文学场域里，也会对诗的发展起到不可估量的作用。而令人感叹的诗，我们的文化传统中，从来都没有真正的争论文化。常常是，你批评一个人的诗歌，或者和他商榷某个诗歌观念，往往不出几个回合，就在对方心里被扭曲成你在批评他这个人本身。要么就是，本来是准备批评对方的看法，但出于夺取争论的优势的需要，出于逞强好胜的快意，就演变成先要打击他这个人。我们虽有不打不相识的说法，但在我们的诗歌圈子里，通过激烈争吵而成为朋友的，实在很罕见。大家都太在意自己的面子，而不是诗歌的面子。我对诗歌争论的基本态度是：如果不慎卷入有关的交锋中，即使对方再怎么激烈，我也会本能地尽量站在对方的立场看问题。因为涉及争论，对诗歌文化来说，最有趣的，不是真理站在我这边，而是真理有可能站在你那边。

诗和物质

把物质视为诗的对立面，似乎是我们的诗歌文化中最少遭受物议的政治正确。在很多场合里，无论合适与否，常常能看见一个诗人为了显示他的道德责任感，在那里高谈阔论物质对诗歌的毒害。而在私人场合，同样是这个人，却表现出对物质的近乎无耻的贪婪。

把物质视为诗歌的敌人，其实是一种本末倒置。物质就是物质，它不是文明的替罪羊，更不是诗的对立面。诗歌是精妙而伟大的艺术，关乎生命的本意。物质偶尔可能会妨碍诗歌，但这就和诗歌偶尔也会误读物质一样，都是细枝末节的事情。如果某个时代，诗歌的趋势是以物质为敌，这只能说明那一代诗人的无能。

并且，这里面还潜藏一种暧昧的无趣。甚至是一种针对诗歌这样的人文实践的纳粹的尺度。既缺乏宽容，也没有幽默。

对物质的批判，往往会被看成是诗的介入性的一种表现。但这种表现，也很容易沦为一种投机性的文学表演。

诗歌的介入性，本来是一种个人的选择，却在北岛那里，反过来变成了一种强制性的评判诗歌的标准。我不排斥诗的介入性，但我觉得，诗的介入性只是一种诗歌态度，我们不能依据一个诗人有没有这种态度，来评估诗的写作。更不能把诗的批判性变成一场露天的审讯中的政治交底。特别地，我们绝不能依据诗歌中有没有批判性，来确定诗的价值，或诗的责任。

在诗和物质的关系上，最需要警惕的就是，从诗的角度去挑剔物质的弊端，太容易沦为一种廉价的文化快感了。这种文化快感，在本质上，体现的是文学的政治虚荣。甚至更可怕的，它体现的是，对历史的一种粗鄙的文化投机。

诗和文化使命（或批判性的原点）

诗和现实的关系上，诗和存在的关系上，诗和生活的关系上，诗其实有太多的秘密的路径可走。新诗历史上，我们的诗太善于批判现实，批评生活，太善于将生活政治化，将现实道德化。但我觉得，诗的使命，诗人的真正的责任是：发现生活，发现存在，而不是一味地按现成的意识形态说辞去批判生活，批判现实。在我看来，在当代诗的实践中，北岛们津津乐道的诗的批判性，在揭露出一些皮毛的同时，却对诗与生活之间更广阔更丰富的关系，造成了无限的遮蔽。其实说“遮蔽”，都太轻巧了。很可能是一种无情的绞杀。

对诗来说，最艰难的，也最需要耐心的是，诗必须勇敢地呈现生活的可能性，敏锐地揭示存在的可能性。什么叫诗的独立性？总拿着历史的尺度去批判生活，并在这批判中沾沾自喜自己的政治正确，这不是真正的诗人该做的事，这是对历史的投机。对诗来说，批判性，永远是简单的。当人们一味试图凭借批判性获得诗的价值或诗的力量时，可怕的诗的堕落也就开始了。我觉得肖斯塔科维奇说得好：请在我们脏的时候爱我们。这差不多也是，请在生活脏的时候爱生活。我也经历过很多现实的丑恶和人生的波折，但我想，我们总要拉开一点距离。这个距离，对我而言，就是，诗是一种特殊的仁慈。

新诗和西方　新诗和传统

幻想用一种理想的文学史来取代新诗的发展——比如，既没有过对西方的盲从，也没和古诗断裂，这或许是一种诗歌洁癖症。看上去挺美，但其实比空想还乡愿。新诗的实践，不完全是一种历史现象，它也是文学的状态，类似于生长现象。诗的兴起和变异，有历史的因素，但从现象上讲，诗也有另一面：诗就存在于那里，它有时间性的一面，也有超越时间性的一面。

看待新诗的发展，最需要警惕的就是，把新诗的实践强行扭进一种历史的谱系中来看待。这么说吧，假如新诗和历史真的有那么密切的关系，我觉得，我们最好也别冒充了解历史如何发展才能避免走弯路的先知。这有点像看着一个年轻人习诗，过来人看似可以给出很好的建议和有益的指导，但假如给出这些美妙的指导的初衷，是为了让年轻的习诗者完全不走弯路，那就是骗人了。我偏爱从实践的角度看待新诗的历史性。新诗的实践中，或许有不少弯路，但假如借口走过一些弯路就对新诗进行全面的否定，甚至断言新诗在总体上失败了，这就有点昏聩过头了，听上去像浑话。

我们必须意识到，新诗和古诗是我们汉语诗歌的总体现象中充满互动变量的两个阶段，或说两种面目。新诗和古诗之间的断裂，没必要夸大，也没必要惊诧。参看一下哲学的发展，便会发现，哲学的演进中，也充满古典与现代的断裂。音乐的历史中，也有古典和现代的激烈的断裂。物理学的发展，更是如此。所以，有点断裂，没那么可怕。如果说，新诗的实践中有过对古典诗学的激烈的反叛，那么在今天，我们也可以用我们的文学智慧来重建新诗与古诗之间丰富的关联。但这重建，必须有博大的战略眼光，既要回应古典，又要面向未来和诗的可能性。比如，借口回归古典，否定新诗的实践，这就是王小波讲的——大傻姐只会织毛衣。以前有过的两种倾向，用古诗否定新诗，或用新诗取代古诗——都带有文学政治的粗鄙的影子，都显得有点小家子气。

就评价而言，我们知道古诗的伟大，但我们也知道，我们现在的新诗已写到了足以与古诗的伟大和卓越相媲美的地步。即使杜甫活在今天，像他这样对语言的书写充满敏感和好奇的人，也一定会用现代汉语写诗。所以，公众不太认可新诗，其实没什么关系。何况很多情形中，这所谓的“公众”是冒充的。耶稣活着的时候，也常常被误认为是个普通的园丁。说到底，诗歌的确认，实际上是一个漫长的历史过程。对新诗的历史定位，我们大可不必太着急。另一方面，无可否认，新诗确实有过对西方诗歌的盲从。但如何看待这种“盲从”，却也考验着我们的文学智慧。甚至可以说，它同时也在考验西方的文学智慧。我不太赞成这样的做法，就是把这种“盲从”看成是一盆洗脚水，而后狠狠地泼掉。以为经过这样的处理后，我们和西方诗歌就有了新的正常的关系。

在我看来，新诗和西方诗歌的关系，必定是充满矛盾的，或说充满误读的。不论我们之前走过怎样的弯路，对汉语的诗歌文化来说，我们和西方诗歌的关系，都是一笔莫大的难得的财富。最好避免用非黑即白的方法来看待它。其次，这种“盲从”，或者说，这个现在以“盲从”来称谓并加以贬损的东西，其实只是我们和西方诗歌之间复杂而多样的关联的一个侧面。我们和西方诗歌之间，也有很多不盲从的时刻。我不太认同现在流行的一种态度：即借反思新诗和西方诗歌的关系之名，把新诗和西方诗歌之间多样而复杂的交流，漫画式地简化为“盲从”；进而再借伸张文学本土性之名，兜售一种新的夜郎自大诗歌。西方诗人，西方诗歌，仅仅从语言表达和诗人的认知这两个角度看，也有很多值得我们借鉴的地方。有过盲从，其实并不可怕。可鄙的是，明明从西方诗歌中获得了一些很好的启发，却偏要嘴硬说，那是盲从。

在新诗和西方诗歌之间的交往中，出现的所谓“盲从”，其实也是一个很有趣的现象。加以简单地否定，固然痛快，仿佛打了翻身仗。但其实，真的没那么简单。借用保罗·德曼的“盲目”说，“盲从”之中也可能有意想不到的“盲目”。在我们对西方诗歌的“盲目”中产生的“洞见”，很可能恰恰是我们对汉语诗歌自身的一种新的认知。事实上，按同样的逻辑，西方诗歌也出现过对我们的“盲从”——从庞德对中国古诗的误读，到美国新超现实主义诗歌对唐诗的误读。所以，我建议，我们还是要幽默一点地看待我们的“盲从”——这里面，肯定有亟须清理的东西，但对事情的处理，不能以取消我们和西方诗歌的关系为出发点。

我们对西方诗歌的借鉴，有两个最根本的动机：首先，在和西方诗歌发生关系之前，几代古典诗人实际上已开始不满足，甚至是抱怨词与物的语言关系在汉诗中的表现。在古诗的范式中，语言的程式化与诗的原创性的内在矛盾，已持续了好几百年。其次，语言的表达毕竟和人类的认知的进展息息相关。这种关联是语言保持活力的源泉。这种关联，也注定语言的发展是一个不断自我变异的过程。而我们对西方诗歌的接触，是伴随着我们对现代世界的认知的不断加深而同时进行的。换句话说，我们对西方诗歌的认识，是和我们对语言表达的现代性的认知联系在一起的。我们在西方诗歌中看到的，不仅仅是一种新的语言方式，而且也包含着我们试图在汉语的现代性中看到的东西，一种基于语言的自由表达从我们身上激发出来的生命的自我觉悟。借助和西方诗歌的交流，我们在新诗的实践中意识到了许多新的语言动机。我们可以被我们使用的语言改变，这种观念也许是一个常识，但对汉语的诗歌实践来说，却不乏新意。

西方诗歌和汉语诗歌的确有不同的传统，两者在审美上有很多可以交流的地方，也有很深的隔绝。但在我看来，恰恰是这种决然的异质中包含的交流的可能，对我们双方都可能带来深刻的启示。交流，对诗歌而言，绝对是一种开放性的启示。打个不太恰当的比方吧。作为汉语诗人，你没法和杜甫交流，但你却可以和华兹华斯交流。这中间的感受，可以用理论来描述和提炼，但却没法真正讲得清。诗歌的交流，有点类似于爱的交流，它基于生命中独有的巨大的悬念和可能的美妙。所以，我的态度是，我更愿意从语言旅行的角度，把新诗和西方诗歌之间的关系定性为一种充满可能性的开放的交流。在这个过程中，有点盲从，有点误读，甚至有点误解，乃至有点抵触，都是正常的。

当代诗歌的生态有好的一面，也有很糟糕的一面。但总体来说，比如和新诗历史上其他时期比，它们提供出来的语言机遇，无疑是最多的。很多人喜欢谈当代诗歌的危机，而我则倾向于关注当代诗的实践中，我们还会遭遇哪些语言上的机遇。

新诗和古诗的断裂：一种叙事效果？

从语言上，阅读古典诗歌能帮助我们熟悉母语的很多特征，包括在想象力上，在命名的方式上，在经验的筛选和整理上。阅读古典诗，我会获得很多启示。不过，对古典诗的阅读和研习，究竟是纯粹的个人行为，还是带有文学规约的一个仪式，这是个问题。后者似乎把传统视为写作的必要条件，它强调如果你要成为一个诗人，就必须把自己的书写看成是传统的一个部分，或是一种延续。但我不这样看，我赞同重新建构一种与传统的关联，而不是把我们的写作看成是传统的一种延续。

古典，或者说传统，是非常多元的，不是一个僵化的东西，它并没有一个规定好的本质。它非常矛盾，它本身就有很多异质的东西。你说杜甫是传统的话，那我们还有陶渊明、王维、苏东坡那样的传统。你说杜甫代表正宗的传统，体现了传统所偏好的集大成倾向，但也有人觉得屈原、李商隐可能是更隐秘的一个大传统。在传统的辨认上，我们必须学会强调差异，学会尊重异见。同时，也必须认识到，传统是多源头的，它不是静态的，不是一个静止在那里的祭品。20 世纪 80 年代以来，很多学者都在反思新诗的失败，如郑敏、季羡林，他们都宣称新诗走入了歧途，新诗失败了，新诗背叛了传统。这背后的观念就是把传统静态化了。其实，传统本身也在变化。比如，作为现代汉语的源头的白话，也早就孕育在传统的变化之中。

现在学界有一种倾向，喜欢夸大五四时期对传统的反叛，喜欢夸张新诗对古诗的反叛。其实，诗的反叛，本身就是一种实践的方式，甚至可以说它是一种历史机制。我们喜欢说，反传统是不尊重传统。这就是偏见，小家子气。反传统未必就不尊重传统。反传统可以有很多层面，最低级的，当然是叫嚷推翻传统，白手起家。但这只是特定的历史情境中的文化力比多。反传统，在实践上还可以有许多层面和向度。新诗对传统的反叛，很可能激活了汉语本身就具有的语言能量和潜力。所以，我建议我们换一种眼光，不妨设想，我们的传统未必就不欢迎这种反叛；而且，这种反叛本身可能恰恰就是古典文学里面的一个变异的机制。中国的想象力的根基，是强调天人合一，强调中和、静穆、温厚，但也尤其强调非常道。而进入现代以后，诗的写作衍生成一种独特的历史实践，它激活生命的可能性，启示个人的自主权，捍卫个人解释世界的权利；就此而言，新诗不可能脱离这一现代轨迹。随着现代汉语的使用，新的经验领域被不断触及，我们已不可能再因袭以前的表达模式了。所以，五四的反叛，不能说完全受西方影响，它可能是我们传统中早就孕育的一种文学能力，在特定的历史情境中被激活后的一种表现。我相信，我们以后会找到一种文学史框架，将新诗和古诗重新结构成一个诗歌共同体。

现代情境中的古诗写作

纯粹比较当代古体诗和新诗的话语权，是一个有意思的话题。但这种比较并不能从深层反映出两种写法与汉语的复杂关系。新诗的话语权，来自整个现代汉语作为一种历史实践，在我们国家的文化进程中所起的作用。表面上看，古体诗不具有这样的话语权，但从文化认证的角度看，结果就不一样。新诗写得好，但认证起来很暧昧。而古诗写得好，大家会觉得这个很有修养。另一方面，我觉得更重要的是，新诗从现代的书写以及从现代的表达提出的一个问题：现在的生活经验，是否需要用新的语言方式来展现？现代的生存图景，用古体来反映是否有效？这就触及了现代文学经验中最核心的目标，如何获得真实？这样看，能不能创新，反而是如何获得真实性的一种延伸。

从书写的权力的角度讲，一个人在当代写古诗，完全可以，事实上，作为一种诗的书写体例，古诗的写作在当代很普遍。但如何将这种写作，纳入到当代文学的评价机制中去，是一个很困难的话题。我觉得，古体诗的写作范式与现代意识之间，有一种经验上的“隔”，它不能带来现代书写中那种非常细致、新鲜、丰富的感觉。通常，写着写着，你就会发现，无论从诗的情调，还是从诗的想象力上，你会绕进一个古典的范式之中。写作的乐趣还会有，但是少了一点文学的可能性和创造的偶然性。你技艺高超，大家读了也很有感觉，很钦佩。但背后的评价机制，不是来自当代，而是来自古典标准的一种延续。在当代写古诗，最大的问题是，你无法给这个时代带来新的想象力、新的语言经验、新的文学的可能性。周作人、聂绀弩写古体诗，都是绝顶高手。他们的古体诗也展现了一种内在的精神姿态，但从意义的生产上讲，他们的古体诗都是透明的，不涉及新的文学经验。这恐怕是最大的也是最令人感到困惑的问题。而新诗，比如一首海子的诗，十年前读和十年后读，会在文学经验上引发不同的感觉。换句话说，新诗能从事新的意义的生产。它能不断更新我们的想象力，拓宽我们的经验领域。

诗和文化活动

对古代诗人来讲,非常重要一点就是,写诗绝不是业余活动。中国的文心的基石就是“立言”,古代诗人非常看重语言的确认功能,所以,怎么可能把诗的写作当成是业余消遣呢。现代文化兴起后,有一种偏见认为,中国古人写诗多半是消遣性的。陈独秀的文论中,就有很多类似的看法。在他看来,中国的诗歌传统最大的问题就是对真实人生的逃避。这里,出现了两个问题。第一,陈独秀把诗的逃避(如果有的话)道德化了;第二,他也把“人生”扩大化了。从文学史的角度看,人生,作为文学的目标,是很晚近的事情。

可以这么讲,诗在中国经历的世俗化,在世界各个国家中是最彻底的。在古代,诗,在某种意义上,已被生活化了。我们的文学生活中,饮酒赋诗是一种高级的交流。但总体上说,从先秦开始,诗言志,以诗立言,便成为我们最核心的文化观。诗可立言,也是我们的传统。所以,中华民族对诗的重视,可以说超过世界上任何一个国家。以诗立言,是什么意思呢?它意味着,诗代表了生命中一种最高的悟性。比如,古人讲性情,讲况味,其实讲的是对生命的情境的个人领悟力。当然,在中国古代的政体结构中,诗,确有一种独特的识别功能。比如,诗写得好,很多时候会为你赢得一种名声。有时,这种名声甚至会转化为护身符意义上的文化身份。但这些,还是没能真正触动以诗立言的传统。真正的评价,还是要看在诗人身后的反应。杜甫讲“语不惊人死不休”，其实就是这个意思。不是惊同代人，而是在一种历史序列中惊前代又惊后代。深究起来，古代诗人的这种价值观念，有强大的儒家文化传统做支撑。而在当代，情形非常令人悲哀。从 20 世纪 80 年代开始，中国的当代诗越写越好，但却遭到了两方面的背叛。一个是来自社会和政治的背叛。不过这个还好理解，我们国家的历史这么复杂，诗人个人因诗的边缘化而受到压抑，从诗的发表，到诗的出版，诗的奖评机制始终都没很好地建立起来，问题的确很多。但更大的背叛，在于现代知识分子对新诗的背叛。这个背叛更具腐蚀性，也更阴暗。如果去大学做一个新诗问卷调查，去问问大学体系中的教授如何看待新诗，那么结果将是非常骇人的。大学圈中的很多教授学者几乎都对新诗持有一种本能的反感和不信任。将这种状况，和西方的知识界做对比，你会感到一种深深的悲哀。因为从生命的政治上讲，现代诗最能体现个体生命的创造力，其书写动机也最能展现个人的权利，而且，事实上，我们的现代诗又写得如此之好，但在我们这里却无法赢得知识界的认同，更别提信任和尊重了。

在公共形象方面，近 20 年来，新诗完全处于被妖魔化的位置上。公共媒体对新诗的妖魔化尤其严重，它们逮着一些诗人的一个失误，拼命加以扭曲，然后借机从整体上丑化新诗。其实，如果回到现代社会对个体的承认，那么我们就注意到，在当代，有很多优秀的诗人都在默默坚持，认真写诗。

新诗究竟新在哪里?

这还真是个问题。新诗的"新"在哪里,似乎可以有很多不同的看法。但归结起来,新诗的"新",和新诗的合法性有关。从文学的合法性的角度看,新诗自兴起之时,一直就面临着一个压力:如果我们不能给新诗找出一个令人信服的、区别于古诗的根本性的写作特征,那么,新诗的实践就永远是可疑的。但问题是,新诗在其实践中确立的写作特征,只能是相对的。而这种带有相对色彩的写作特征,会令绝对主义的文学观感到烦躁不安。说到底,这其实和人性有关。

按所罗门的说法,太阳底下无新事。对悲观主义而言,这或许是一种哲学观。或者,这是一种上帝的视角。所以,在某种意义上,我们也可以理解为,所罗门说的其实是一句反话:意思就是,从具体性的角度看,太阳底下还是有很多新鲜事物的。只是看待新事物的眼光,看待新事物的角度,要避免堕入绝对主义的陷阱。玩绝对的话,诗歌就只剩下秘密了。但倘若我们还能抱有一种开放的心态,面对历史,面对事物的兴衰交替,特别是着眼于世界的细节,就会发现在相对的尺度里,其实存在着无限丰富的可能性。简单地说,相对于古诗的范式,新诗的实践为汉语诗歌的发展提供了很多可能性。这些写作的可能性,只能出现在新诗的实践中,而无法出现在古诗的范式中。比如,在新诗的实践和观念中,我们格外推重诗的

"戏剧性",我以为可算得上是新诗写作的最重要的"新因素"。古诗的审美范式偏于静观,以意境来协调生命的体验和语言的想象。词语的活动不是向外扩散,而是不断回旋到语言的内部,所以,古诗的伟大在于它的封闭性。而热衷于戏剧性的新诗,总体说来,偏向于语言的动态,它在结构上越来越开放。

从写作特征上看,当代诗的另一个最重要的特点,或说"新因素"是,它激活了诗和散文之间的丰富的关联。这种激活,实际上让我们开始不得不面对汉语诗歌的新的可能性。某种意义上,也可以说,因为当代诗的实践,汉语诗歌有了一种新的语言:诗中的散文。其实,早在20世纪三四十年代,艾青、沈从文、朱自清等人,已开始谈到汉语诗歌中的"散文美""诗歌小说化""诗歌会话化"。此外,当代诗的实践中还有重要的"新因素",诗歌写作中个人的语言决定权。我甚至觉得,它是让当代诗的写作充满魅力的一个原因。比如,在诗和散文的关联中,以往的文学模式多半靠文学规约来磨合诗的个人性,但在当代诗的书写中,诗人可以凭借个人的天赋和写作意志来处理诗和散文之间的丰富的关系。

诗意和散文化,是一个矛盾。新诗历史上,也常常为这个矛盾焦虑不安,甚至把这个矛盾看成是动摇新诗的合法性的一个大患。但我这样看,这是一个矛盾,但也是一个有趣的挑战。如果当代诗的写作范式中,没有这个矛盾,那会在无形之中减少很多写诗的乐趣。这个矛盾,其实是新诗的财富。它是一个麻烦,但为了解决这个麻烦,也会在我们的诗歌天赋中激发出无限的活力。

另外，在看待当代诗的“新因素”方面，我觉得，在方法论上，我们既要考虑到时间和传统的因素，也要考量到空间性的因素。因为对诗而言，大多数情况下，所谓的新旧，从根本上讲，其实是一种地理现象。比如，我们无法说——北极比南极新，也无法说——南极比北极旧。北极和南极之间的区别，相对而言，不是时间性的，而是空间性的。这就意味着，诗主要是一种差异性的存在。古诗和当代诗的区别，从表面上看，似乎是时间性的。但从汉语的实践观来看，它们之间的分别，可以说是汉语的特点在不同的语言空间中的一种类似地理学的分布现象。从这个角度看，当代诗的美学很可能对汉语的口味和胃口进行了一次规模深远的改造。比如，在诗的想象力方面，我们倾向于比古代诗人更信赖即兴性，更推重偶然和震惊，更追求洞察和美感的强力结合。

命运的含义：协会诗、丛书诗

协会诗和丛书诗的写作，到今年为止，差不多也写了有十八年。最早开始写协会诗，应是 1999 年。当时的想法很模糊，根本没想到自己会坚持写这么久，写得这么规模庞大。当初，只是想用一种集约式的方式来解决个人写作中的片断性。组诗的方式，可以解决某种片断性，但“组诗”在方法上太依赖文学的主题性。所以，我就想到了“系列诗”的概念。这很可能是借鉴了现代绘画的系列性。“系列性”的概念有一个好处，就是它可以不要求风格的同一，不挑剔主题的连续，而只在意语言的感受力的内在的关联性。当然，写了这么久，我对协会诗和丛书诗的想法，也在不断深化。我曾做过这样的解释，我偏爱对差异的观察，对世界的细节的捕捉，我认为这种对生活的细节的捕捉和描绘，是我们抵抗意识形态对生活的绑架，以及它对存在的遮蔽的最有效的手段。而“协会”和“丛书”这样指向宏大和同一性的概念，可称得上是具有典型的现代性的自我命名的色彩。这里，将世界的细节和宏大的现代性的自我命名强力黏合在一起，就形成了一种带有反讽色彩的反差。“协会”和“丛书”在命名方式上都偏向于实体和实物，要么热衷于机构的权威性，要么沉迷于知识的权力感。所以，我故意将它们用在它们通常的对立面上——对那些瞬间的、偶然的、细小的、孤独的、奇异的、纯体验性的事物进行无限的呼唤，意在从细节、差异和尊严这几个角度肯定生存的可能性。而生活的可能性，实际上也是建立在对细节的尊严充满差异的观察和想象之上的。

长诗的写作，更依赖于文学传统，以及孕育在这文学传统中的诗歌文化。从汉诗的传统看，我们没有写长诗的传统。这有三方面的原因。第一，在语言上，汉语在古诗的范式里，组织起来的语言呼应——对偶与平仄，不太能容忍太长的语言结构。或者说，在太长的语言结构中，基于汉字本身之美的语言对应，就没有施展出来。这样，转入到风格层面，古诗的语言推重的是记忆与情景的高度融合。这种融合不依赖词语的延展，而是强调语言的凝缩。这些，都不利于长诗的写作。换句话说，古典诗学的结构观不支持长诗的写作。更诡异的，古代汉语的语言质感，以及从这种语言质感中酝酿出来的诗歌文化，也天然地排斥长诗的写作。我们的汉语在语言质感上对诗句的长度有着苛刻的要求，这确实令我困惑。但也必须意识到，这种要求是基于古诗的实践，并不一定完全适用于新诗的状况。让我困惑的还有一点，即古诗的语言在结构上对短小体式的偏爱、对长诗体式的抵触，很可能反映出了汉语独有的语言秘密。不过，即便如此，我依然反对我们过度地、僵死地拘泥于这个秘密。我依然相信，汉语诗歌的出路在于积极强化和信任语言的延展性。第二，在诗学观念上我们的传统审美推重诗的境界。但在古典的汉语实践中，一个奇怪的现象是：假如在审美观念上推重境界，那么，诗就写不长，也没法写长。从这个意义上说，赵野讲的是对的。第三，我们的汉诗传统，在世界观上，喜欢把语言道德化。比如庄子讲“言者所以在意，得意而忘言”，已埋下将语言的主体心智化的伏笔，这或多或少助长了将语言工具化的倾向。到了唐宋以后，比如司空图主张诗贵“性情”，这实际上在诗的观念上强化了语言人格化。这样，在崇尚心器的诗歌传统里，古人虽然也会提到“语不惊人死不休”，但总体而言，和心器之高贵相比，语言便显得外在而次要了。因为按境界的要求，语言属于被遗忘的对象。这种语言观，肯定不鼓励写长诗。

回到当代诗的实践，我觉得，写不写长诗，没必要太拘泥传统的尺度。说到底，这也许和个人的写作意志有关，和个人的语言运气有关。所以，不妨率性一点，感觉需要写长诗了，就写吧。

协会诗:命名如何可能

一开始时,我也不甚明确在斟酌一首诗的题目时,我为什么会对“协会”这个词忽然产生了类似着魔的兴致。一种极其顽固的仿佛是出于抒写本身的乐趣。协会,这个词,在当代的文化情境中,有非常特殊的含义。比如,对个人而言,它是一个单位,是一个很制度化的机构。我们本来觉得协会是一种非官方的组织,具有浓郁的民间色彩。但令人吃惊的是,现实生活的“协会”,往往带有很深的衙门的印记。事实上也是如此。按现代文化的逻辑,协会本身其实带有很浓厚的威权色彩。另一些,又远离生活体验,太专业。比如,天体物理学协会、闻一多协会又仿佛有很深奥的门槛,一般人不得入内。

但是,很奇怪,在诗歌中成立的协会,却是一个充满悖论性的组织。我开始写“协会诗”时,只是感到被某种新的东西所吸引。比如,在人和世界的交往中,有很多无名的,无法被规训的,偶然的印迹和情境,它们很少得到连续性的展现。基本上处于无名状态。这种无名状态,一方面呈现了生活的私人时刻,但另一方面,也反映出我们对它们有意无意地遗忘。某种意义上,我想结束这种情形。至少是在我的人生回忆里,有意识地终止这种对个人生活中的无名状态的漠视。就我自己的体会而言,我觉得这些东西,才真正构成了我们自己的生活的基础。就经历的最深的含义而言,它们无名地属于我们,我们也真实地属于它们。

所以，在我写协会诗时，我的确有意为普通事物立名，将我和它们之间的交往看成是，我们和世界之间的遭际的种种缩影。我想以协会的名义为它们翻身，意在让它们扬眉吐气。每一朵花，都可能是协会的会员，每一只狐狸，也可能是协会的会员。某种意义上，这种命名行为，也可以理解为是将个人和世界的相遇中最隐秘的体会组织化，将相关的记忆戏剧化。另一方面，在某种程度上，这些虚构的专属机构——不存在协会组织，是对现实生活中的协会体制的一种反讽。旧的协会体系已经僵化，那么，不妨让新的协会来参与对我们的生活的构建。所以，假如说协会诗的写作包含有一种文学政治的意图的话，我觉得，我的确在写作意识上，要求这些协会诗，至少在诗歌动机上，应积极地参与改造我们的生存面目。哪怕这样的意图很难实现。哪怕是，一首诗只能做到微小的改变。

在写作这些协会诗的时候，我常常会感受到一种特别的愉悦：这些协会诗或许可以让“沉默的大多数”有一个属于它们自己的语言家园。也就是说，协会是一个家的概念，或者一个新的故乡的概念。比如，在《石榴协会》里，通过对人与石榴之间的关系的编织与揭示，我们或许可以改变我们对这些美丽的植物的认识。更进一步的，甚至有可能改变我们对部分自然存在的认知。语言是我们的家园，而我想做得更具体一点，我想让我擅自成立这些众多的诗歌协会，为我们身边的普通事物找到它们自身的归属。某种意义上，我们的存在也依赖这样的归属感。从家园到协会，对我来说，也意味着一种对事物的想象方式的变化。家园，或故乡，包含了强烈的空间想象。“家园”或“故乡”，也是这些协会在形象上的原型。这样，在我的意识中，协会诗中呈现的“协会”，不仅是一个开放的空间，而且也容纳了事物之间诸多隐秘而又有趣的联系。从根本上说，这些“协会”也许意味着我对我们如何度过此生的一种积极的想象，或者说私人的建议。说到诗学上的意图，我确实这样想，假如我们认同诗的公共性，那么，依据我们对生存的体验，对诗和生活之间的关系提出一些“私人的建议”，恰恰是诗最应该做的事情。

冠名“丛书”的一个初衷是，每首诗歌要处理的一个题材，但就文学的意图而言，其实用一首诗根本写不完一首诗的内容。这似乎是诗歌写作中一个古老的难题。再小的题材，哪怕是写一只萤火虫，全世界有那么多诗人写，这就说明，一个题材和人的意识之间的关联是无限的。总会有不同的感受，不同的角度，不同的语言处理方式。一个题材背后所包含的意图，或意义，实际上是一首诗在体式上没法处理完的。

我的“丛书诗”，有些是对非常具体的事物的命名。在这背后，包含着我的一个想法：“丛书”是很重的东西，大部头的，体系性的，预设性，有很强的规划性。而我们对待细小的事物时，恰恰要放下点身段来；这意味着，诗人可以用体系性的东西，很重的东西，去关注卑微事物所处的境况。不要以为那种很细小的东西，很卑微的东西，就跟“丛书”这种宏大的格局不匹配。一旦放下姿态，我们就会发现，很多东西其实以前都没有被细心地关怀过。所以，要说“丛书”有一个诗歌的含义的话，那就是用新的眼光重新审视我们的人生境况。

协会诗:命名的乐趣

一开始也没有特别的想法。写着写着,慢慢就形成了强烈的冲动。这种冲动又在写作中形成了内资的惯性。总体性的考虑是在写了两三年之后,才开始酝酿形成的。但我又有意识地抵抗体系性的东西。开始时,只是想发明一种我称之为系列诗的东西,来缓解长诗写作对我的诱惑。我们这代人写诗,信奉的是现代诗不能超过 60 行。作为诗人,有本事的话,就在 60 行内解决诗的战斗。按年轻时的理解,长诗写作脱胎于史诗,而史诗写作又布满神话写作的阴影,根本就不符合现代的认识。而且,现代生活的节奏飞快,除了特别有闲的人,谁还有精力有耐心去读长诗。更深层的审美疑惑是,我觉得,长诗的认知冲动已无法跟现代小说竞争。帕斯捷尔纳克也有过类似的自述,和《日瓦戈医生》相比,他的那些抒情诗缺乏分量。这里面,还有一个新诗史的插曲。

新诗史上,曾有过一种论调:认为我们的抒情性和西方的史诗比,缺少一种文学上的伟大。当然,现在这样的比较已是笑话。但从视觉上讲,金字塔和坟堆相比,哪个更有视觉冲击力,还是会经常造成某种困惑。长诗和短诗的争论,是一个永远都不会有答案的问题。我们必须面对这样的质疑:一首短诗可能很美妙,妙到无可言说,但,妙还是一个瞬间的悟性认知。在很多方面,它可能无法与长诗完成的认知抗衡。所以,长诗完成的是对世界的复杂认知,它展现的审美空间不仅深邃，而且具有规模，它孕育的心理能量非常充沛，它包含的生命视野也非常深广，无形中会形成一种魅力，带给人一种审美敬畏。所以，20 世纪 90 年代中期，我一边写长诗，一边又抵抗这个东西。诗歌史的惯性是，一个诗人要想在其中立足，必须写出有分量的长诗。我们可以反思，这是一种很反动的标准。但它仍会不时冒出来，诱惑我们。所以，尽管信赖短诗，但潜意识里，我也渴望写长诗。传统意义上的长诗，很难吸引我。所以，我想用系列诗，来取代长诗的写作。我相信，系列诗，可以形成一种独特的类型长度，从而形成足够的总体意义上的风格力量。

中国的抒情诗传统非常伟大。但也有自身的问题。首先是诗歌语言的问题。传统上，中国诗歌语言强调对偶，平仄呼应，加上汉字本身的原因，它的形式感偏于短制，阉割了写长诗的可能性。我们古代的诗歌文化，总体说来，不支撑长诗的写作。像白居易的《长恨歌》那种长度，已经是罕见的例外。古典诗学的核心观念是：得鱼忘筌，不着一字尽得风流。写得太长，在审美上，就是一种忌讳。我有一个观点，按古体和汉语的文字之间的关系，传统的诗，除非特例，超过一定的行数的话，会在视觉上造成一种疲劳。同时，也会在阅读期待上引起厌烦，甚至是嫌恶。新诗的出现，以解放语言为名，释放了汉语的可能性。在体例和语感上，解决了长诗写作的形式前提。新诗历史上，写作长诗构成一种暧昧的文学情结。我也有这个情结。但另一方面，我又想破除这个情结。20 世纪 90 年代，我也写了几首长诗，但都不太满意。1999 年开始写协会诗。丛书诗的写作稍晚几年。我觉得找到了一种新的写长诗的路径。

对我来说，像协会诗这样的系列，就是长诗的一种变体。或者说，一种变奏。系列诗在结构、连续性、主题方面，不像传统的长诗那样依赖同一性和长时间的构思。系列诗，在语言组织上，在诗的体制上，不需要严密的结构安排，只要诗人对待事物的态度和对世界的观察，具有一致的出发点，比如审美的好奇，就可以了。诗人可以通过不断调整自己看待世界的态度，来挖掘世界的秘密，从而展现犀利的审美认知。对世界的态度，在系列诗的写作中起着主线的作用。诗的写作中，揭示经验固然重要，但发明看待世界的态度，也很根本。有了诗歌的态度，我们就有机会锤炼出一种诗歌的方法。这时候，再去看待我们置身的世界，眼光和感受也会大有不同。另外，系列诗不同于长诗之处，还在于它释放了更多的写作的即兴性。我可以写得既放松，又在放松中保持一种强度。

写协会诗或丛书诗，还有一个感受也很深。诗的写作可以彻底地颠覆小大之辩。正如布莱克说的，一粒沙子里有一个宇宙。在诗歌中，看起来很小的素材，只要细心洞察，都会触及很大的主题。哪怕是一个杯子、一片树叶、一只蚂蚁，都能协调我们对存在的根本观感。我将自己的诗命名为“丛书”时，确实有一个自觉的意图：一首诗就是一本书。而一首诗触及的内容的深邃，即使动用“丛书”的规模，也无法将它的含义穷尽。这就是我为什么要给一首诗加上“丛书”这一后缀的缘由。一首诗触及的题材和主题，今天写，是这个样子，明天写，又会是那个样子。这也反映出我对诗的主题的开放式的理解。一首诗触及的不可能是一个单一的主题，而是复合的主题。丛书的命名，也包含这样的想法：一首诗和我们之间的关系也是生成性的，不断变化的，这种变化正如诗的素材和诗人的眼光之间的关系的不断更新。从意图上讲，丛书的意思就是，一首诗，是写不完的。每一首诗，都是处于一种丛书状态。

诗的写作中，如何命名，如何给游弋的素材起个好名字，激活感受和经验之间的关联，是件很神秘的事情。

我写协会诗时，还有过一个想法，就是用貌似官方的、体制化的、正式的、权力化的"协会"，为我们存在中那些细小的、瞬间的、偶然的、易逝的、平凡的、备受忽视的、频繁遭受剥夺的事物，伸张它们的生命主权。我写的协会诗都很小，有些可能是一个词组，当时内心的一个句子，我把它叫协会。几乎每首协会诗，都闪烁着一个隐含的抵抗线索。我经常感到，现代世界有很多偏见，这些偏见把我们对世界的观感，对存在的体会都固化在一个偏狭的认知范式里。而我想用协会诗触及更丰富的诗意态度，从而突破那些偏见。现代体制中，作为一个机构，协会展现了科学理性的权力面孔，专业，高级，行会性，高高在上，外人难以涉足。比如现代物理学协会、天文学家协会。它们预示了一种垄断的权力。所以，我有意反其道而行。我去命名蚂蚁协会、蝴蝶协会、晚霞协会、微光协会，有意用"协会"这一高度权力化的命名，来彰显我们的生存境遇里那些微弱的、不断被忽略的审美领域。通过这样的命名，形成一种新的目光，让我们尽量慢下来，以便重新打量生存的细节。

协会诗的起源

收入到“剃须刀诗丛”中的诗集《沸腾协会》，确实遭受了一些误解。我听到过一些私下议论，大约是“协会”不过是一种诗歌的印戳，或称风格的印章。没什么特别的含义。其实，还是有一些特别的意图蕴涵在里面的。最初的动机也许不那么鲜明，但也不完全是心血来潮的结果。最开始，我是把《沸腾协会》作为一个“诗歌总集”来写作的。早年读聂鲁达的《诗歌总集》给我留下深刻的印象。从文学政治的角度看，聂鲁达多少显得有点夸张和矫饰。这也是布罗茨基不太喜欢他的地方。但从想象力的角度说，聂鲁达看上去更像是惠特曼的一个 20 世纪的翻版。聂鲁达身上的“拉丁气质”和诗的热情融合在一起时，会散发出一种独特的开放的气息。惠特曼的《草叶集》，在我看来，也是一个带有“诗歌总集”性质的作品。

事情好像也很简单，有一天我踱到书架前，原本想去查证一个资料，但目光却被放在那里的《草叶集》吸引住了。于是我想，我也该写写我的诗歌总集了。这样，就有了《沸腾协会》里的那些协会诗。

一些朋友问我，既然这些诗是作为一个“诗歌总集”来写作的，那么，是否应有一个总的诗歌主题在里面起着支撑的作用呢？从阅读上看，它们似乎缺乏一个连贯性的诗歌主题。事情可能确乎如此。但，出现这种情形却是我的自觉的选择。随着时间的推移，我越来越倾向于把自己看成是一个艺术上的生成主义者。对连贯性的主题在诗歌写作上的任何延伸，我基本上都持一种怀疑的态度。这也可说是一种带有抵制色彩的自我警醒。对我来说，诗，应对连贯性保持特别的警惕。在诗歌写作中，我关心的是主题的生成性，或称，诗意空间的自主生成。也就是说，在具体的意象空间里，主题如何向我们的感受发出邀请，以及这种邀请又是如何展示其语言特性的。也不妨说，诗的主题不过是语言的一种特殊的自我生成能力。

另一方面，诗的主题或许和其他文类的主题又有不同。比如，在长篇小说中，主题可以像罗盘那样控制故事的各种线索。但在诗歌的写作中，按我的理解，主题是被意象和隐喻激发出来的，它是被动的、即时的、次生的。而在晚清以来的新诗传统中，我们对诗的主题看得太重。所以，有很多诗人都把小聪明用在挖掘主题上。在我自己的写作中，我很少受唯主题倾向的困扰。我从不担心诗的主题。我的看法是，只要你把语言安排好了，诗的主题自然会有深刻的呈现。布罗茨基的一个说法也许会对我们理解这一问题有帮助。他曾指出，俄罗斯现代诗的精髓在于它是无主题诗。多年来，我一直在我的书写实践中，坚持写无主题诗。

当然，这里，又会遇到一个问题。无主题诗，并非真的没有主题。如何理解诗的主题，实际上我们还进行过高质量的讨论。我也并非一概反对诗的主题。简单地说，诗的主题在写作中的呈现与在阅读中的呈现其实是非常不同的。但我们往往以为它们是一回事。我反感的是人们对诗的主题的那种僵化的看法。他们喜欢问，这首诗的主题是什么？好像挺有道理的。但在我看来，这像是在问：宇宙的主题是什么？或者地球的主题是什么？真正的问题应该是这首诗对我们做了什么？它是怎么做的？诗人在这一过程中参与的程度是怎样的？他运用了哪些新的手法？

《沸腾协会》的这些协会诗，也可以说有一个总的目标，就是重新运用诗的想象力对我感兴趣的事物进行一次大规模的勘测。换句话说，假如从诗歌总集的角度去看待诗的主题的话，那么，这些诗还是存在着一个明显的共同趋向的。或许，把它称之为一次漫无目标的想象力的旅行。因为范围限制得很明确，即不出人生，所以漫无目标。

系列诗(或向长诗致敬)

协会诗和丛书诗是两个系列。我也称之为“系列诗”。协会诗从 1999 年开始写起，当时也没深想，就写开了；写着写着，隐隐约约感到其中可能有某些延伸的线索。中国有很多协会，都是暧昧不明的机构。普通人几乎很难知道它在社会或者历史进程中扮演的角色是什么。有些民间自发的组织也叫协会。我想，诗歌能不能从自主权的角度，给我们生存中的东西进行一种命名。因为从制度上的命名，比如物理协会，在我们的日常生活中已不起作用。我们路过它们的时候，经常只是看见一些破败的门脸。于是我设想，我们能不能从诗歌的角度，从诗人的独立的眼光，重新命名我们周围跟生存、跟个人生活有关的一些东西。后来我就想到用这样一种系列的诗歌方式。这里面也有一个考量。如果你单独去命名一个事物的话，比如你管蜻蜓不叫蜻蜓，叫有四个透明翅膀的东西，会比较费劲。但是，假如把我们很熟悉的东西加一个后缀——比如日常物象加一个“协会”的称谓，就突然生出很多其他的意味来，比如“保护小动物协会”。当我这么命名的时候，我感到我们生活中存在着一个巨大的权利真空。很多事物应该从普通人的角度去关心它们，但实际上从未有过机会。比如我写“保护湿地协会”时，对湿地的关注刚刚兴起，但作为话题，还绝少反映到公共领域。所以我突然发现，我们生活中很多很多的缝隙欠缺，有可能都被各种各样的势力给有意遮蔽掉了。这样，我就萌生了一个很固执的念头，决心把我写的很多的诗都命名为“协会”。我发现，一旦开始对观察对象使用“协会”的命名，事物之间有很多模糊的联系，会突然变得异常清晰，仿佛它们本身就可以成为一个新的诗歌组织。

新诗历史上有过“黄金时代”吗？

如果从诗歌受关注的角度讲，相对于新诗的历史而言，20世纪80年代可以算是“诗歌的黄金时代”。但如果按文学史的尺度衡量，既然算是“诗歌的黄金时代”，那就得有与之相匹配的作品。但我们现在回过头去看，真正有分量的、能经得起时间检验的作品，似乎数量非常有限。当时很轰动的作品，今天再看，乏味的居多。这么说，并不是要否定20世纪80年代。我自己也是从20世纪80年代开始写诗的。今年年初，为了开讲“80年代诗歌”，我重读了海子、李亚伟、柏桦、顾城、韩东、多多等当代诗人写于20世纪80年代的作品，真的很吃惊。这些诗人在20世纪80年代写出足以对得起汉语和诗歌史的作品。当然，尽管存在大量的泡沫，我也觉得，近20年的当代诗的状况也不错。可以说，自20世纪80年代以来，当代诗真正的成就是，我们已拥有了一批足以对得起这个时代，且不负这个时代的汉语机遇的诗人。说白了，我们的现代汉诗已拥有了经得起文学史检验的大诗人，而且数目绝对令人吃惊。

诗人的定力(或对诗歌的文化圈套的拆解)

中国诗人差不多都有一个情结，我们都想回到唐宋时代。我不太在意外在的诗歌环境，但或多或少，如果可能，我希望能回到宋朝，写上20年诗。但是否永远都待在宋朝，我还拿不定主意。我没觉得我们现在的生活，因信息爆炸而变得越来越精彩，相反，我有时觉得，我们在我们的生存中承受了那么多苦痛，这苦痛本身却有一种说不来的轻飘，令人惊心到冰凉。但另一方面，我厌恶抱怨，尤其厌恶用诗歌从事抱怨。这方面，我很推重布罗茨基，他也厌恶在诗歌中展示痛苦。我并不特别觉得，我的写作需要一个比现在更好的诗歌土壤。就写诗而言，没准现在已经是一个很好的环境。反过来想想，难道外部环境不好，我们就不写了吗？如果一个诗人有很好的定力，很强大的语言意志，他完全可以在现在充分享受到写诗的乐趣。生活节奏的快，信息的爆炸性冲击，对一个诗人是好是坏，我觉得，主要取决于诗人的语言立场。类型偏慢的诗人可能会觉得一切都太浮躁，太快速，缺少沉静。但在奥哈拉式的，或者阿什贝瑞式的诗人看来，我们拥有的写作机遇本来就是建立在现代性的碎片之上的。片断性的写作已成为诗的一种基本的样式。麻烦确实不少，但对诗的秘密而言，也仅仅是一些麻烦而已。当然，在诗歌的评价机制方面，当代诗确实没能得到应有的确认。我们明明有那么多好诗人、好作品，但在公共阅读中，人们却常常视而不见。忽视也就罢了，一遇到风吹草动，公共媒体还喜欢把当代诗妖魔化。

诗和母语

诗的母语牵涉到话语的分割，它也涉及关于诗的原型认识。在诗歌中用语言干什么，你是拿它当匕首，拿它当坦克，还是拿它当锤子，当缝针，还是当别的什么？还有怎么用它。我猜想，诗的母语围绕着生命的感觉及其表达而生成。换句话说，诗的母语为我们在复杂的生存情境中指认出一种诗性的表达。诗，毕竟跟别的东西不一样，它一定有它自己独特的方式。而诗人的母语跟诗人在其生长的环境中习得的语言有关。我觉得，这两种母语是有冲突的，但遇到强大的诗人，也能展现出惊人的协调。在中国这样的诗歌场域里，人们习惯偏向诗人的母语，对诗的母语缺乏最基本的自觉。比如，针对新诗的实践，经常会有人拿翻译体来指桑骂槐。我们的佛经不也是翻译体吗？普鲁斯特讲过，一个现代作家要写出点真东西的话，一定要用看起来像外语的语言。我并不是说，可以就此忽略汉语的质地，我反对的是将汉语的特点本质化。语言的本意，毕竟是要拓展我们的表达。它是一种实践，总要追寻更丰富更新异的表达。没必要总拿是不是翻译体来拧巴自己。即便是翻译体，如果它能在汉语中，在实践的意义上激活好的表达，那么，随着时间的流逝，它就会融入汉语的特性之中，并在融入中丰富汉语的质感。新诗的写作，必须保持这样的开放性。

诗和方言

这种想法的最初的源头来自马拉美。马拉美讲过，现代以来，语言越来越被工具理性所渗透，大家好像都讲一样的语言，语言的使用也越来越趋向透明。语言越来越世俗，缺乏神秘感。马拉美还有一个意思，诗歌的语言必须保持一种方言意义上的高贵。马拉美的意思是，诗人应该用方言来对抗语言的透明趋向，与流行语言保持距离。某种意义上，可以这么理解，把诗歌语言看成一个方言现象，目的就是要对抗现代语言中的经验主义，对抗现代语言的不断简化，以及缺乏想象力的表达。我基本上认同马拉美的观点，但也明白其中可能会有弊端。比如，方言不能太小圈子化。强调方言性的同时，也要强调诗的语言的反作用能力。过度的方言化，别人就没法进入，会造成阅读障碍。克服阅读障碍有两个方式，一个是你自己要不断改变你的语言，丰富你的表达；另一个是你要向你所处的时代及其文学场域不断说明你的表达，也就是说，身为现代诗人，必须要写一点散文或批评。这方面，当代诗人可能做得还不够。

诗和口语

诗歌写作的现代趋向，从华兹华斯开始，就强调使用普通语言，注重让语言重返日常的生存情境。华兹华斯本人的诗歌语言，注重借鉴普通人的说法节奏。T·S·艾略特也强调使用日常会话。对口语的重视，在审美深层，其实是对生存情境的重视。运用口语，或者借鉴口语，体现的不仅仅是一种语言倾向，也指向我们对一种生命视域的理解。至于我自己，我要求自己矛盾地使用口语，一直把口语的矛盾性使用出来。此外，我觉得，我们对口语和诗歌之间的关系，也还是要抱着一种宽厚的态度。不同的诗人，他的口语感也是不同的。诗歌中的口语在实际上也有很多差异，有很多不同的实践路径。

当代诗和日常性

"放下身段""回归日常""接地气"，我都赞同。原因其实很简单。首先，它们与我看重的诗的开放性有关。以往的诗歌观念中，有很多作茧自缚的东西，无形中为诗的写作设置了很多莫名的禁区。比如，在区分诗和非诗方面，我们耗费了大量的精力和才智，结果却发现，我们对诗的辨认，以及对非诗的指认，在很多情况下，都是非常狭隘的。关于诗是否要放下身段，我这么想，道很博大，但古人也讲过“道在屎尿间”。我觉得，真正强大的诗也应该拥有这样的包容力。“放下身段”，我理解，并非是要抛弃诗的高贵，从高处跌跌撞撞下来，一味迁就“地气”，或者从这一边彻底转换到那一边。那样的话，诗又会陷入一种非此即彼的黑白怪圈。“放下身段”，意味着我们要尽可能拓展新的诗歌领域，实验新的语言方式，大胆尝试以前受困于诗和非诗之辨的写法。从形态上讲，诗，是或此或彼。更多的时候，诗，既是此，又是彼。回到你的问题，诗，既是精英，也是微物。诗既高贵，也有泥土。

说到诗和出路的关系。我的看法也许有点骄傲：当代诗，或者我们称之为诗的那个活计，根本就不需要寻找什么出路。特别是向生活寻找什么出路。诗本身就是生活。诗本身已然是出路。从这个意义上说，正如我早就申明过的：诗除了高贵什么也不承担。假如诗不高贵，它如何有资格成为一种生命的安慰呢？

新诗和回归传统

新诗的兴起已接近百年了。我们和古诗的关系，也该从原来的“对立关系”进入到一种新型的“对称关系”。我不赞同乡愿般的复古主义——比如，认为新诗断裂了汉语诗歌的传统，新诗应该回归古典，跟古典接轨。就历史观而言，这种论调都有同一性的色彩，把文学史的连续性看得太廉价，也太简单。某种程度上，也存在着用机械的决定论将历史的嬗变模式化的倾向。世界上，哪儿还会有这么便宜的事。在和古典传统的关系问题上，从历史形态上全面回归传统，是不可能的事。如果我们的传统真的有那么伟大，它也绝对不希望我们舍弃我们现在的机遇而转身皈依它。我们不妨这样想，新诗，当代诗越不像古诗，和古诗的差异越大，它们才越有资格成为汉诗传统的一部分。

另一方面，从个人的角度，在不同的层面和不同的路径上，秘密地激活个人与传统之间丰富的关联，或许，确实是我们这几代诗人应该做的事。换句话说，我们面临的，不是回归传统——这不是要不要的问题，而是可能不可能的问题。我们需要做的是，重建当代诗和传统之间的丰富的、多样的甚至仅仅只是偶然的关联。重建的原则，不是依据线性的承继，而是通过戏剧性的激活，在我们自己的诗歌场域里重新识别传统的潜力，并发挥它。

至于当代诗和"文艺复兴"之间的关系，或者像诗的"文艺复兴"这样的说法，听上去，更像是一种文学的外交辞令。谈谈它有没有可能性，不是什么坏事。比如，我多少觉得，"文艺复兴"或可用于指认一种写诗的心态，甚至是辨认一种诗歌的气象。从这个角度说，我觉得，我们这几代诗人，至少在写诗的心态上摆脱了很多历史的阴影和政治的说教。我们不再那么焦虑，不再那么想追赶世界；但我们并不狭隘，我们这几代人的诗歌眼界，绝对是唐宋以后的中国诗人中最开阔的。这些都是一些积极的因素。但说到底，如果作为一种文学史的识别，我们需不需要“文艺复兴”，那还真不是我们能说了算的事。所以，这事上，还是要幽默点，听天由命吧。

古诗的现代性

中国古代的诗歌，从文学生态学讲，在世界范围内，也是最出色的，最卓越的。诗人和自然的关系，非常丰富。诗人和生活的关系——从陶渊明开始，也异常丰富；甚至诗人和颓废的关系，也触及了宇宙的深意，比如柳永。最令我们这些后代诗人艳羡的，可能是诗人和文化之间的关系。在那样一种相对封闭，但又在细节的丰富性打开了无穷的生命通道的诗歌系统中，古代诗人怎么表达自我，独抒性灵，诗人面对的文化都能像一个神奇的磨盘一样，将诗人的洞见碾磨出独有的文化意蕴。原因就在于古典范式里，诗人和文化之间尽管有摩擦，但总的说来，两者相处于一种有机的价值共同体之中。诗人和文化之间的关系是同一的，也基本上是协调的。但我们当代的诗歌环境，已出现了很大的不同。诗人和历史的关系，诗人和生存的关系，诗人和生活的关系，诗人和自然的关系，诗人和世界的关系，都处在一种激烈的冲突和纠葛之中。在这种情形中，我的基本判断是，个人的生命权力随时都遭受到无名的剥夺和压抑，所以，自我表达，或者惠特曼所说的“自我之歌”，就变成了一种最清醒的诗的责任。这种责任，也可以说，从根本上标识出了诗的政治性。

既然自我正面临着被恣意剥夺的命运，我觉得，作为诗人，我们当然有责任明确地选择站在自我一边。这既涉及一种政治觉悟，也牵涉一种文化觉悟。也许，会有一些偏差，但诗歌必须坚持自我表达。说到底，这关乎一种生命的立场。

海子：当代诗的一个缩影

谈论海子对当代诗的贡献，是一个很麻烦的事情。在我看来，海子是一个幸运地误用了诗歌本能的诗人。在 20 世纪 80 年代的诗歌语境中，海子应算是最早冲破了文本和存在的界限的诗人。这种突破，有本能的一面，也有自觉的一面。现在想来，最令我感怀的是，海子把一种游牧情绪引入当代诗的文学精神之中。自新诗兴起，我们的新诗一直在强化诗和历史的关联，这种强化发展到当代，越来越势利，越来越教条。借用一下法国哲人德鲁兹的说法，海子的写作，可以说偏离这种诗的历史化，第一次让当代诗具有一种游牧情结。我觉得，这对我们洞察当代诗的语言的多样性，是有莫大启发的。

随着时间的流逝，我越来越觉得，在海子的写作中有对语言的开放性的一种真正的洞察。我相信，这也是他的诗歌价值所在。当然，从风格上挑剔海子，找出这样或那样的缺陷，也是很容易的。但我前面讲过，我的批评观是尽量看诗人的优异之处。确实存在这样的现象，很多人，读海子，容易被诗和青春写作之间的关系误导，或者是对当代诗产生片面的认知。当代的诗人同行中，有很多人抱怨，对当代诗缺少全面了解的人，在阅读海子之后，无形中会按海子的诗歌模式来辨认当代诗，从而排斥别的诗人，甚至诋毁当代其他的诗歌文本。我本人也曾有过这样的遭遇：有人当面说我，写得太复杂，太技艺，不如海子写得淳朴、自然。这确实令人尴尬。但话说回来，有点误导，也在所难免。重要的是，有误导，或许才会有新的反思，新的醒悟。我自己的写作风格跟海子绝然不同。我的诗歌志向也和海子差异很大。但我理解海子在诗歌上的所为。对我来说，海子在诗的语言上，给当代诗带来的真正的启迪是：大多数诗人热衷于把语言潜在地视为母亲，或父亲，而海子则把语言当兄弟。所以，他才能把诗写得很孤绝。但奇妙的是，虽然那么孤绝，读者却依然能感到一种语言的热忱。

青春期写作：反思如何可能

艾略特曾表示，现代世界里，一个诗人是否想成为诗人，得看他 25 岁以后的表现。这个说法，有一个前提经常被人忽略，艾略特针对的是英语诗歌史上的浪漫主义传统。从文学例子的角度说，他的靶子是雪莱。此外，他的本意是，诗歌经验作为一种人类经验，与古典世界不同，它在现代世界触及的对象已经发生了很大的变化。

在这方面，我基本同意他所做的区分。从我的角度看，古典诗歌涉及的人类经验大都和单纯有关。现代诗歌触及的人类经验则是和怀疑有关。换句话说，从叙述的类型看，古典诗歌讲述的是一个和人类的天真有关的故事。现代诗歌则被迫讲述的是一个和怀疑有关的故事。要讲好这个故事，需要综合的才能。所以，瑞恰兹说现代诗在类型上是一种“包容的诗”。处理人类的怀疑这样的故事需要的是一种复杂的综合的自我意识。

新诗史上，“青春写作”的说法一直都存在，它的版本也很多。比如，早在20世纪40年代就提出“中年”写作的诗人冯至，就认为五四时期到20世纪30年代前期的新诗，基本上都属于“青春期写作”。

这种说法，如果针对诗歌现象，似乎也说得过去。但如果仔细分辨的话，就不难发现，在这种眼光的背后，起支撑作用的其实是一种经验主义的观念；而且，很可能还夹杂了某种文学进化论的成分。按“青春写作”和“中年写作”的划分，似乎“中年写作”会克服“青春写作”的种种弊端。但我觉得，这样的划分只是建立在对特定的文学对象的判断之上的，“假说”的色彩很浓厚。退一步讲，即使是从人类经验的自我丰富的角度看，诗歌写作也不是一种建立在如何不断拓展人类经验上的实践类型。从实践的角度看，诗歌写作主要与人对秘密的体验有关，或者说，它和人如何想象自己的故事有关。诗歌写作和诗人的年龄有一定的关联，但这关联不是绝对的。比如，惠特曼的诗歌，它肯定不是“青春期写作”，但它也不是“中年写作”。另外，卞之琳写出《断章》《航海》《距离的组织》《登城》这些杰作时，年龄也才25岁。穆旦写《诗八章》时，也不过24岁。所以，我现在的看法是，那种认为中国新诗在整体上属于“青春写作”的观点，其实是一种相当表面化的看法，也是对新诗的特性的严重误读。还可以讲一个远点的例子。比如，李白的诗，某种意义上也可以说是一种“青春写作”，它对抗的是古典文化中的那种几乎无以言说的老成和练达。这里，不妨回顾一下王安石对李白的态度。在王安石看来，李白写的东西无非是醇酒美妇，可说是未脱“青春写作”的模型。王安石的看法，算是一种批评，但它体现的却是道德主义的成见。另一方面，我多少觉得，“青春写作”和古典写作中的游仙主义在经验类型上有着某种相同之处。游仙主义吸纳了古典传统中对“性情”的推崇，可说是把庄子的逍遥主义生活化了。人们喜欢把庄子的逍遥主义解释成一种哲学态度，一种人生观，但从经验的角度看，我倒是觉得，它触及的其实是一个人如何想象存在的问题。一言以蔽之，它涉及的是神秘主义的话题。这和诗的路径是一样的。其实，林庚对唐诗的评论，我觉得也可以作为一种参考。林庚称盛唐诗展现了一种“少年精神”。的确，在我看来，这种“少年精神”仍然是古典诗歌中的一个谜。

诗人的使命感，说到底和他对语言的责任有关。作为一个诗人，一方面，他必须促进语言的活力。也就是说，诗人必须努力拓展想象力的审美疆域。另一方面，他必须让语言保持必要的品味。按马拉美的说法，作为一个现代诗人，他必须敢于想象这样一个故事：语言是可以纯洁的。我几乎相信，这对所有现代诗人来说都是一个必须画押的契约。而且，我更喜欢在这看不见的仪式中所包含的一种近乎喜剧的味道。

诗人和种族　诗和大众

史蒂文斯说，整个种族就是一个诗人。庞德也讲过类似的话，诗人是种族的触须。而我倾向于这么看，诗与大众的关系，更像是一个西方的问题。或者说，它是从西方的经验，抛给汉诗的现代进展中的一个问题。在我们的诗歌传统，几乎没存在过什么诗和大众之间的问题。其实，从常识的尺度看，问题也很简单。大众读不读诗歌，跟你作为一个人读不读诗，没什么关系。如果你是大众的一员，你读诗，你写诗，在某种程度上，这就代表大众对诗歌的参与。

另一方面，当代诗发展到今天，我们面临的诗歌机遇其实非常多，真的没必要把时间和精力过度浪费在这个问题上。简要地说，诗就是大众。哪怕再独异，诗也是大众。诗人的自我，其实也是一个大众。一个人的诗，另一个人或者另一群人没看懂，这从来就不是诗和大众之间的问题。这也算不上什么诗和大众之间的真相。这其实还是一种文化里包含多少文明的底线的问题。但在我们的诗歌场域里，相关的概念常常就这么在无形中被偷换了。真正的问题，很可能存在于诗和阅读之间。这就和生命的自我教育有关，和文化对人的自我的塑造有关。对诗而言，其实大众比自我更孤独。诗的可能性，在自我之中，永远都比在大众之中要多。在流行的观念中，人们经常喜欢设置一些荒唐的东西。比如，在诗与大众的关系上，把大众看成是诗的出路。如果大众接受，诗就有了出路。这基本上是一种可爱的妄想。我想申明的是，诗本身就是出路。按布罗茨基的说法，诗意味着个人的拯救的可能。那么也不妨说，诗本身就是我们的出路。我们应将我们对存在的出路的寻找，集中在诗的本身上。

从文学史的角度看，不仅仅是诗歌，只要不是通俗读物，任何创造性的文类都存在着和公共之间的隔阂的问题。每个文类都追求它的特定的理想读者。当代诗也一样。诗的理想读者是一个独立的敏感的生命个体。所以，谈论诗的阅读，我以为最基本的阅读情境，其实是谈论诗和个人之间的生命关联。比如，这样关系的发生条件如何？现在存在着一种本末倒置：即人们经常用诗和公众之间的关系，来取代或掩盖诗和个人之间的关系。诗和公众之间的关系，其实是诗和个人之间的一个特例。比如，你喜欢杜甫，可能还有千万个人也喜欢杜甫。这里，人数的多少似乎和公众有关。你喜欢姜夔，你的生活中可能不会有 10 个人喜欢姜夔。这里，人数的减少，就无涉公众的诗歌兴趣。我注意到一个细节，对诗的广泛的阅读，特别依赖于每个人在其生存境遇里能有多少个人的时间。并且，很明显，在这样的可供个人支配的时间里，你更倾向于打游戏，看电视，还是选择安静地阅读诗？这里面，有生命觉悟的问题，也有人的惰性的问题。所以，我觉得，一个人对诗的渴求，基于某种机遇，某种生存的乐趣，某种生命的觉悟，它真的与诗和公众之间的关系没太多的关系。

诗可以教吗？

和很多诗人的直觉不太一样，我本人喜欢从事诗歌教学。这多少是一种挑战，一种积极的尝试。诗可以教吗？很多人认为，答案是明摆在那里的。但我觉得，这是上帝才知道的事。也许，根本就没什么答案。诗可以教吗？对我来说，这首先是一种生存的原始情境。一旦进入其中，我们需要追问的是：什么是诗？什么又是教？在什么样的观念中，诗是不可教的？在什么样的观念中，诗可以不可以教？完全不是一个问题。在诗和诗的教授之间会发生哪些故事或意外？在什么程度上，诗是不可以教的？在哪些方面，诗是可以通过教来触及的？所以，诗可不可以教，其实，是我们在生活中遇到的一个故事。如果可能，我想慢慢地享受这个故事，我并不想急于知道它的答案。我的想法是，一旦我们进入到这样的情境中，相互启发，偶然的觉悟，意外的惊喜，会让诗和个体生命之间的联系变得更细致，更有趣，更丰盈。这就够了。

诗和语言

诗人最微妙的感情，通常被认为是他在诗的镜像中对爱人所做的表白。其实，更有可能，诗人最微妙的感情同样出现在他对语言的体会中。一个诗人，如何表达他对语言的重视，都不会过分。对生命而言，语言是最独特的礼物。学会敬畏语言，只会有助于一个人从诗意的角度去领悟存在的秘密。或许，有人会觉得这个角度回避了世界的真相。对现代的诗歌文化来说，过于诗意，似乎意味着刻意的背叛。其实，从诗意的角度去领悟存在，恰恰意味着我们有能力从语言的角度去发现一种本真的世界。因为语言，诗涉及我们的方法论。并且最终，诗变成了我们最彻底的方法论。语言的陪伴，是诗造就的一个独特的生存景观。

一个秘诀，不要过于看重一个诗人表白他是如何看重诗的语言的，应该去查验一下他是如何在修辞的细节上体现他对语言的敬畏的。一个近乎悖论的现象是，在现代的书写中，只有诗人从未偏离过对语言的敬畏。在现代的散文写作中，对语言的敬畏，往往是通过对语言的极尽能事的亵渎来进行的。

诗的语言既是神圣的，又是神奇的。这样的诗歌态度，在我们的当代文化中，是很孤立的。流行的诗歌文化特别喜欢随时表露他们诗的神圣性的极端的怨恨。诗的神秘性，语言的神圣性，是一个比禁区更恐怖的雷区。

新诗的实践史上，曾经有过一段相当长的时间，诗的语言被视为历史表达的一种工具。为了反对这一情形，中国当代的诗歌文化倾向于用常识来解决诗的语言问题，常识被看成是诗歌语言最核心的身份。这对解决新诗传统中过度的政治性，当然很有功效；而且使用起来，也很方便。但把常识看成是诗的语言自我衡量的一个尺度，绝对会产生更多的负面问题。我一直深信诗的语言应该显示一种超越性。使用诗的语言,意味着我们相信它是一种创造。一个诗人自觉地使用诗的语言,意味着他怀有一种信念:使用怎样的语言,最终会成就怎样的生命。这个世界似乎已很难改变了,但因为诗的存在,因为诗的语言的开放性,我深信,诗可以用于自我的改造。诗的语言不仅能促进生命的感觉,也能磨砺生命的觉悟。诗的语言,对我而言,就像一位既仁慈又严厉的父亲。诗的语言,在人的乖戾的命运之外,向我们的生命提供了另一种奇妙的归宿。诗的语言必须对深刻的心智做出得体的反应。诗的语言必须更顽强地成就一种心智现象,因为诗的语言的使用的最终的目的,是参与"更高的生命"的诞生。不论采用何种诗歌风格,诗的语言必须是高贵的。

诗人和语言之间的小秘密

说一个画家并不知道色彩为何物,恐怕很容易招致极端的反驳。但作为一种反思的角度,或许,能触及一些实质性的问题。事实上,在写作中,诗人应该意识到,他对语言了解得越多,对语言的无知也就越强烈。这也是一种清醒的语言态度。诗人最好对语言保持必要的谦卑。我差不多相信,承认对语言的"无知",是从事现代书写的一个起点。流行的观点是,一个大诗人应该非常熟悉语言,精通语言的各种"小秘密"。顺便说一下,"小秘密"是美国诗人约翰·贝里曼用过的一个词。但我觉得,真正的诗人越是深入语言,他就越会感到自己对语言的“无知”。这或许同苏格拉底谈论人类的“无知”有相同之处。诗人和语言的关系，在我看来，非常奇妙，同时也有点令人沮丧。语言是一个很大的秘密。但从写作的技艺上看，作为一个诗人，我们所能精通的只能是语言的各种“小秘密”。有一阵子，这种感觉几乎令我窒息。这或许也可以归入顾城所说的“生命失败的微妙之处”。在我看来，敢于承认对语言的“无知”，会有助于拓展新的审美眼界。它也许会导致一种有益的对语言的神秘主义的态度。诗的语言既是一种中介，比如，它揭示形象的能力，可以起到一种桥梁的作用；另一方面，它又是对中介的消解。语言是我们置身在其中的一个场所。我们既面对语言，又置身于语言。

诗的目的

诗人和诗的关系是一种神秘的竞争关系。表面上，诗是由诗人写出的。诗人的天赋决定着诗的好坏。但另一方面，诗又是生命中最大的秘密。诗人看上去不过是一种中介。人们经常说，好的诗写出后，诗人的任务就完成了。有时，我也会有类似的想法，特别是在比较软弱的时候。但是，状态好的时候，我相信，诗的目的是在普遍堕落的世界中成就一位诗人。作为一种生命的形象，作为一个自觉的角色，诗人的诞生是我们克服世界的荒诞的最后的解决方案。

作为一种阅读痕迹的传统

在我们这一代人的成长过程中，在相当长的一段时间里，中国诗歌传统是作为一种边缘角色进入视野的。从阅读的角度说，比如，在青少年时期，中国古诗虽然在课本中可以读到，但似乎存在着一种教育的默契，这些东西不过是作为现代文化的一种补充物出现的。我还记得，作为青春逆反的一个环节，我在 14 岁到 16 岁，用剩下的零用钱，买了很多古诗读物。要知道，1979 年到 1981 年这期间，关于中国古典文学读物的手册印刷物，在北京很容易看到，对一个中学生而言，价格也能接受。在这个时期，古诗对我而言就是一个反抗现行教育逻辑的秘密仓库。我也有过狂热地写作古诗的经历，作为一种精力的发泄，它其实很像青春期秘密爱上重金属。用现在的话说，古诗意味着酷，意味着一个少年敢于凭借自己的眼光，去寻找另外的知识的源头。但是很快，在阅读过惠特曼，阅读过卞之琳翻译的保罗·瓦雷里之后，特别是加上萨特的助阵，面对古诗，我突然产生了一种恐惧：就像海子说的，我害怕蕴藏在古诗的魅力背后的某种“趣味”。成年后，我能理解，中国的古诗绝对是一种高级的心智现象，但对一个正处在渴求现代的自我意识的年轻人来说，它缺乏意识的过程。它过滤掉了太多的东西，将最完美的人生视野一下子就锤炼为独特的生命境界。它太依赖记忆。但这些，对于刚读过索尔·贝娄《洪堡的礼物》的高中生来说，有点古旧了。

但是，最近二十年，我一直在秘密阅读中国古典诗歌。我发现我会面临一种特殊的矛盾：一方面，我越来越感受到中国古诗的伟大，以及作为一种诗歌资源，它所具有的丰富性。我对古诗的喜爱是从血液深处生发的。另一方面，中国古诗，对我而言，可能更接近于一种风俗现象。中国古诗，对现代诗的写作而言，它可以是一个传统，但也只能是一种另类的传统。从写作的角度，我更愿意将它视为一种充满可能性的资源。从诗歌形象学的角度看，传统也有着处女地的那一面。传统其实也是需要重新开辟的。

热爱诗歌足以表达对诗的热爱吗

我对诗歌写作确实抱有一种激情。一位了解我的朋友曾对我说，现在很少有人会像你这样热爱诗歌。喜爱诗歌的人很多，迷恋诗歌的人也很多，甚至离不开诗歌的人也不在少数。但在他看来，如此亲近诗歌，如此信赖诗歌，应该是浪漫主义时代才该有的事，我们的时代，生存的面目已支离破碎。所以，他觉得我对诗歌的喜爱有点不合时宜。从我自己的角度看，我对诗歌的确怀有一种特殊的感情。诗歌吸引我，我也愿意被诗歌吸引。另一方面，我偶尔也会困惑我对诗歌的喜爱；毕竟，从生存的实际出发，"热爱诗歌"有时会是一种很矛盾的东西。我有时也会反思我对诗歌的热爱。但总体说来，我更愿意把热爱诗歌看成是一种学习热爱诗歌的过程。也就是说,仅有热爱是不够的,更重要的可能是,还必须学会如何热爱。和我同时期开始写诗的一些人,他们也曾对诗歌表现出罕见的狂热,但之后,一旦开始涉足社会,震惊于诗歌与社会的反差之大,会突然表现出对诗歌的极度憎恨。海子自杀后,曾有朋友用疑似侮辱性的措辞高调宣称:只有无能的人才写诗。20 世纪 90 年代,中国社会渐渐进入转型时期,功利主义的厚黑化,使得诗歌日益被边缘化。对新诗的妖魔化,对当代诗的丑化,几乎成为媒体携手大众合谋演绎的一种保留性的文化娱乐项目。诗是无用的,写诗不足以谋生,写诗甚至只会耽误谋生,海子曾说诗代表了一种消极能力,某种意义上,就有这个意思。而我的基本态度是,我们最好还是要把"诗是无用的"想得好玩一点。诗的无用之用,不仅对历史的躯体来说是无法避免的,对社会的肌体而言,也是必不可少的,对我们个人的身体而言,更是不可或缺的。宇宙之浩渺,之深邃,假如仅仅从生存空间的角度看,或许也是一种无用。假如以有限的生命,觉得我们的生存根本用不到宇宙的浩渺,诸如要那么大的空间有什么用啊。这就是一种十足的无趣。

回过头来再看"热爱诗歌",它固然是一种印象的反应。但从根本上讲,也反映出我对诗与生命、诗与人生之间的关系的一种认知。首先,我觉得,诗歌并不外在于生命,它本身其实是一种生命现象。诗歌内在于生命,诗歌是一种生命能力。也就是说,诗绝不仅仅是一种生命能力的体现。在我们的传统中有"不学诗无以言"的训诫,假如语言是一种生命能力,是我们身上最深刻的生存标识,那么,很自然地,诗也是我们生命中最根本的特征的体现。所以,我觉得,诗,既是一个需要面对的东西，也是一种存在于我们身体中的需要激活的东西。这样，我承认，在某种程度上，我将诗歌理解为一种生命的最内在的源泉。对我而言，对诗歌的抵触，对诗歌的疑惑，乃至对诗的憎恨，其实是对生命本身的误解。

其次，既然将诗歌看成是一种生命的内在能力，那么，同样很自然，学习它，掌握它，尽可能地领悟它，也就构成了人生的一个重要的组成部分。对我来说，学习诗歌，学习热爱诗歌，这本身就是向身体致敬，它体现了对生命的敬畏。我知道，在这方面，我可能显得保守，但没办法，我现在已习惯这样辨认诗歌了。在这个复杂的世界上，恐怕也只有诗，是我们终生要学习的对象。而且，对我来说，学习诗歌，热爱诗歌，意味着激活人的生命中最高级的东西。

再次，对诗歌的热爱，其实包含着对生命本身的一种体认。对生命而言，对人生而言，最重要的也最有趣的观念，恐怕就是我们可以改变自己，或者说改造自己；或者按萨特的容易引起争议的讲法——我们可以选择自己。能否改变自我，是我们的生命之谜。这也是诗歌之谜。要想改变我们的生活，首先要改变我们的语言。这是很多人的想法，也是我的信念。马拉美宣称，诗是谜。在我看来，这个谜主要体现在生命和语言之间的多重关联上。假如诗不涉及谜，语言的改变也就没法有效地参与到自我的改造中。从另一个角度，对语言本身的着迷，既是诗歌的特征，也是生命的特征。对语言的热爱，不需要很多的解释，也不需要很复杂的理由。而且，对语言的热爱转入对诗的热爱，很可能也没那么复杂。就像有人极度热爱音乐一样，而我极度热爱的对象是诗歌。这里面，当然，也包含有我对人生的一种看法，一种体验。

此外，在我的成长过程中，有很多被传授的东西，都是一种自欺欺人的教育的产物。为了抗拒并清除这些骗人的说教，我将对诗歌的习得，对诗的热爱，看成是一种自我教育。诗歌有社会性的一面，但又有非常个人化的一面。我们的现代文化极力反对诗歌的个人性的这一面，试图用诗的社会性压制诗的私人性，但从自我教育的角度看，恰恰是诗的私人性的这一面，最终为我们裁决了什么是生命的真相，什么是虚假的说教。在我们的文化境遇里，诗几乎是一种唯一值得信赖的自我教育的方式。没错，诗关乎终生的自我教育。我的确是这么想的。这样看待诗的方式，可能有点过于严肃了。所以，有时听到有人喷血说，我喜欢语言游戏，说我只推崇诗的轻逸，我真觉得是风马牛不相及。

具体到每个人的处境，我觉得，在个人的生活中，只要保持诗意的觉醒，诗意的辨识，意识到诗意是人的生存的最根本的标志，就可以了。不写，就不写了。其实说不写，基本上是嘴硬。瓦雷里也有二十多年没写诗，但一旦被激发，一旦生命的诗歌潜力被激活，他还是会写。我也曾在我自己的诗歌课上反复讲法国诗人兰波的一个洞见：从原型意义上，人人都是诗人。兰波从贫苦且地位卑贱的洗衣妇身上也能辨识出——她是诗人。我觉得，他的辨认很有眼光，富有远见。也牵涉到一种非常的启发。

诗的骄傲，是生命的一种机遇

在诗歌不断被边缘化的今天，“诗的骄傲”反而凸显出一种生活的秘密。很多时候，我甚至觉得不解诗的骄傲，就没法正确地对待诗。在某种程度上，缺乏对诗的骄傲的敏感，很可能还意味着我们无法真正理解生命本身究竟为何物。诗的骄傲，是生命的一种机遇。一个诗人最大的希望，或许就是他和读者都没有弄混诗的骄傲与诗人的骄傲之间的差别。

在现实生活中，诗人流露的骄傲常常让人感到反感。但说到底，其实也没有什么。市民趣味从反感到漫话诗人的骄傲，用尽了多少卑劣、恶毒和谎言。不过，我始终觉得，他们更怨恨的是“诗的骄傲”。因为“诗的骄傲”漫溢出的是对生命的奇异的领悟，是对人生的诗性和存在的诗意的一种洞彻。可能如你所言，我的诗确实非常关注人的精神领域。不过，我也讨厌以前在精神和身体之间区分出的那种等级意识，或者说，有点庸俗的二元对立模式。或许，更吸引我的是，存在于自然和历史之间的那片神秘的空间。对我来说，存在的诗意正积蓄在那里。其实，从生命的角度看，精神也是身体的一种特殊的现象。要是在你提及的“精神”里，包含有“审美态度”的意思的话，那我就更认可了。因为对我而言，抛开对“精神”的传统解释，我更倾向于把“精神”理解为一种审美意志，或审美态度。

另一方面，我也意识到我们的诗歌传统所遭遇的特殊问题。在我们的诗歌传统中,对精神的关注往往囿于伦理的角度。无形之中,每每又构成对存在的诗意的压制。可以这么讲,作为一种形象空间,精神在诗歌中遭受的误解,其实不比"新诗"在现代文化中遭受的误解少多少。有时,我会觉得很难相信我们的诗歌文化中对诗与精神的关系所做的解释。我的有些诗中甚至涉及对流行意义上的"精神"的抵制。比如《反忏悔录》《反诗歌》等。因为在我们的诗歌语境里,常常会遭遇到粗鄙的东西——用所谓的诗歌精神来压抑诗意本身。

新诗的当代进展

进入新世纪后,我的一个基本感觉是,诗歌写作出现了一次新的勃兴。从诗歌史的角度看,21 世纪以来,当代诗的写作应该说达到了一个新的高度。20 世纪 50 年代出生的诗人,60 年代出生的诗人,70 年代出生的诗人,都开始集中在一个诗歌场域里竞技诗艺。想想看,这不仅仅是一种简单的诗歌代际的重叠,而是整整三代诗人,带着他们日趋成熟的诗歌个性,济济于同一个诗歌场域,互相碰撞,互相砥砺。如果细心追踪阅读的话,几乎每天都能看到让人眼睛一亮的佳作。好的诗集,我的意思是,能在诗歌史上标识出诗的进展的诗集,出现的频率,也开始加快。但现在,从诗歌传布的角度看,好的诗歌选集还不多,甚至可以说,非常匮乏。诗歌能被社会广泛接受,一个重要的渠道就是好的诗歌选本。尽可能进行细致分类的诗歌选本，对帮助公众认识诗歌是关键的。人们喜欢说，新诗没有大诗人，当代诗更没有大诗人。这样说的意思，没出现大诗人，就说明新诗还不成熟。但公允地讲，新诗的实践发展到今天，已出现了好几位大诗人。当代诗取得的成就，已远远不是什么成熟不成熟的问题了。

说到网络诗歌，从文化立场上，我天然地倾向于支持它。如果有可能，我也会积极参与网络诗歌。我本人也是一个诗歌网站——文学自由谈的版主。很多时候，我也会把我刚写的诗贴到网上。我觉得，网络诗歌作为一种方式对诗歌写作有很大的影响。这种影响有好有坏，有点泥沙俱下的感觉。在很多人眼中，似乎坏的影响更大。网络诗歌的勃兴，似乎让诗的标准失去了重心。网络诗歌中的对话气氛不好，戾气太多。我们更经常看到的情形是，诗歌论坛成了一个泄愤和追求廉价快意的地方。尽管如此，我仍然赞成网络诗歌。我觉得目前最大的问题是，网络作为一个诗歌平台，既没有得到应有的开发，也没有得到应有的尊重。

关于盘峰争论

如果说知识分子写作和民间写作之间的“争吵”有什么意义的话，那就是它促进了我们对新诗发展中一些重大问题的思考：新诗的写作与口语的关系，当代诗的写作与口语的关系，诗人与知识分子的关系，诗歌与知识的关系。在争吵之前，我觉得，我们的诗歌文化中对诗人与知识分子之间的身份关系缺乏深刻的省察。没错，在特定的文学史情境中，诗人和知识分子在身份上会有很大的重合。有些人可能兼具诗人和知识分子的双重身份，但我觉得，我们还是在诗的书写中慎用这种双重身份，对诗人身份中的知识分子角色的使用，更应该保持警惕。我承认，在争论之前，我对有些问题也缺乏足够的警惕。但从新诗的文化战略的角度，我又觉得，我们必须高度警惕诗人和知识分子之间的界限，但妖魔化诗人和知识分子之间的关系，也是缺乏远见的小动作。尽管屡屡遭遇知识分子对新诗的文化遗产的背叛，但我还是愿意将诗人和知识分子归属于同一个知识共同体之内。两者之间的争执、疑虑，也许是必要的。

有些批评者说，盘峰论争是两拨人在争夺什么话语权，我觉得，这应该是一种误解。按葛兰西的话语权力量，在现代的文化境遇里，无论我们以什么姿态发言，都已被卷入了话语权的争夺。所以，如果愿意这么看的话，也可以，但话语权的争夺置换到道德的角度去审视，就有点小肚鸡肠了。在争论中，我算是被重点丑化的一个对象。因为我被强行指定为似乎颇有代表性的“学院派诗人”。但时过境迁，我觉得，有些意气的东西也不必放在心上。至少，双方都没想象中的那么脆弱。不会因为争论中言辞激烈几句，就放弃写诗了。其实争论后，正如很多人已注意到的，双方都在不同程度上汲取了对方反复伸张的某些观念。网络上已有人开始感慨，盘峰论争后，有些民间诗人开始悄悄知识分子化，而有些知识分子诗人也开始“民间写作”。

新诗的百年孤独

百年新诗，这个话题似乎有点沉重。而我更倾向于从轻的角度去看待这个话题。新诗的这一百年，貌似风风火火，但从诗的角度反观，其实是非常孤独的。马尔克斯的“百年孤独”完全可以作为新诗历史的一个隐喻。在20世纪早期，我们以激烈的姿态用新诗来突破文化的惰性。用新诗来参与现代文化的建设，用新诗及其相关的诗歌争论来布局现代文化，但没过十年，新诗就遭到了知识分子的投机与背叛。新诗的文化目标是确立觉醒的独立的现代人。但很快，这个诗歌动机就被以参与历史的名义抛弃了。所以，我觉得，放到现代文化的发展进程中来看新诗，新诗的命运最具有悲剧性。新诗的百年孤独——我曾就这个题目写过一首诗，一篇随笔，我还计划就此话题写一本书。但另一方面，正如马尔克斯在他的小说中揭示，我们的新诗，尽管孤独，却并非不神奇，并非没有耀眼的时刻。人们习惯于从文学成就或新诗是否成熟的角度去评估新诗，但我更倾向于从文化建构、文化生成、审美实践、游戏、自我探求——这些角度去阐释新诗的意义。新诗是一项伟大的充满激情的实践。它向我们提供了一种新的想象力。不仅如此，新诗也为我们理解我们自身的现代境遇提供了一个自由的空间。新诗的实践，督促我们在现代的境遇里磨砺新的汉语，使用新的汉语，并通过改变汉语，来参与改变我们的生活，甚至是介入历史的改变。仅此而言，意义难道还不够重大吗？

诗的高贵如何可能

或许，最理智的做法就是比以往更明确地承认，诗是一种高贵的疯狂。

诗和高贵的灵魂之间的关系，不一定就那么明晰，甚至很可能是暧昧的。李白是大诗人无疑，但李白的诗中偶尔会含有杀意。所谓“十步杀一人，千里不留行”。按庸常的伦理尺度，人一动杀机，就谈不上“高贵的灵魂”。诗是一种非常高级的东西。之所以非常高级，可能兰波的想法——我是一个他者，最能触及这个概念实质。因为诗，我们对生命有了另外的想法。我觉得，这已是诗的莫大的荣耀了。诗可以激发人们追求生命的高级形态，但它不对心灵的恶俗负责。

我们的时代缺乏歌德。我觉得某种意义上，这可能是件好事。缺乏歌德，并不代表我们时代的写作水准就低下；不代表我们写出的诗，就一定不如歌德。在这个地球上，可能只有一件和写作有关的事是真的，即因为运气的问题，我们只可能写得比莎士比亚差点。除此之外，从原则上讲，我不觉得我们写得比谁差。但莎士比亚真的有“高贵的灵魂”吗？所以，我宁愿设想，诗与高贵的灵魂之间的关系是一种非常特殊的关系，它不会太普遍。读泰德·休斯的诗，希尼的诗，保罗·策兰的诗，曼德施塔姆的诗，我觉得我能从他们的表达中辨认出高贵的灵魂。但某种意义上，里尔克写得同样出色，我却很难辨识出高贵的灵魂。

诗和现代汉语

在很多人眼里，用现代汉语怎么可能写出好诗呢？表面看来，这似乎是一种文化偏见，实质上，这却是基于人性的卑劣的一种最大的无趣。

临近新诗百年的关口，经常会有人出来表态，新诗失败了。使用的逻辑也冒昧到简陋得不能再简陋：之所以会失败，就是因为新诗使用了现代汉语。它的潜台词也颇具喜剧效应，就好像存在着一种实践的可能：假如新诗不使用现代汉语，而是钟情于使用古代汉语，好像新诗就会走向成功似的。

新诗和现代汉语的关系，说到底，它是我们的一种文化机遇。这种关系，或许有很多缺陷，但也是我们的汉语文化在现代境遇里能获得的最好的东西之一。最近二十年，反思新诗和现代汉语的关系，似乎很时髦，也很能彰显一种貌似的深刻。但假如这种反思是建立在文化偏见之上的，那么它很快就会堕落得和在一泡尿里照镜子没什么两样了。

常常有人反思用现代汉语写诗还不成熟。在他们眼里，现代汉语作为一种诗歌语言，还不够成熟。用这种不成熟的语言，怎么能写出优秀的诗呢？比如，郑敏就曾表示，现代汉语的实践，即使发展到今天，也远远还没有成熟。我觉得，反思现代汉诗的实践很有必要，但反思来反思去，就反思出一个结果，新诗是因为反传统所以才失败的。或者新诗之所以会失败，就是因为现代汉语不成熟，过于欧化，失却了汉语的原味。这里面，存在的就再不是文化偏见的问题，而保藏了一种极其暧昧的否定。因为按照这样的逻辑，即使现代汉语成熟了，它依然不能当成一种成熟的诗的语言来看待。凡此种种，我觉得真的很无趣。

在我看来，新诗的实践，推动了汉语的发展，扩大了汉语的语言疆域。而且，新诗所采用的现代汉语本身，就是汉语自身不断更新不断变异的一种产物。

我们对自己的语言不要采取本质主义的态度，要开放一点。我很尊敬郑敏，但是我不太认同20世纪90年代以后她对新诗的看法。一个核心的话题是，在郑敏看来，迄今为止，现代汉语都不成熟，所以，新诗也不成熟。仅就批评而言，说新诗成熟不成熟，其实跟新诗所使用的语言成熟不成熟，没必然关联。退一步讲，从观念上讲，诗，其实从来都不是用所谓的成熟的语言写成的。指控新诗的语言不成熟，等于指控现代汉语不成熟。因为新诗的语言观强调，新诗的语言跟散文的语言是相通的。所以，那相当于指控现代文学的语言都不成熟。但我觉得，暗示或公开指认像鲁迅、周作人、卞之琳、张爱玲这些人的语言不成熟，已几近无聊。另一个流行的观念是，新诗还不到一百年。这么短的时间里，语言怎么可能成熟。这更是怨妇心态。惠特曼写诗的时候，美国的诗歌历史也不过几十年。在他之前，没有大诗人，他又抗拒英诗的传统，所以，相比新诗，惠特曼开始写诗，他能拥有的诗歌的传统更薄弱，能借鉴的诗歌资源更有限；但他照样成了开创性的大诗人。但丁写《神曲》时，他能面对的本土传统也很薄弱。但丁用俗语写诗，相对于当时诗歌必须用拉丁文来写的正统规训，俗语也不成熟。作为文学基础的俗语也很不规范。但是，但丁不照样写出伟大的作品。所以，我觉得，近百年，我们用时间短和语言不成熟来非议新诗，其实是用杯弓蛇影来折腾自己。诗的写作，在本质上就是一种机遇，一种天赋的激活，一种写作意志的较量。很短的时间里，也照样可以出大诗人。老说新诗一百年内没有大诗人，我觉得，这都是一种小肚鸡肠的议论。新诗已近一百年了，可以负责任地讲，已经出了七八个大诗人了。

技艺与搏斗

在写诗过程中，我确实很关注诗的技艺。但我自认还不是一个迷信技巧的诗人。我对诗的技艺的重视，一方面，源于庞德的一个重要的提醒：技巧是对诗人是否真诚的一种考验。另一方面，也源于我对维特根斯坦的一个告诫的体认。维特根斯坦说，我们已卷入与语言的搏斗之中。对我来说，重视语言，重视技艺，恰恰是因为在诗的书写中，技巧最能展现“语言的搏斗”。在具体的写诗过程中，技巧本身就已是一种搏斗。从宏观文化的角度讲，完全可以这么看，诗的技巧即诗的搏斗。接下来的一幕，就很明显了：因为诗的搏斗必然涉及诗的灵魂。

诗歌的类型学

众多的流派，众多的类型，可能只是一种诗歌的史学假象。纳博科夫曾俏皮地、异常老练地说过，只有天才派。话虽讲得傲慢，但其实却并未出格。我们习惯将天才理解为一种评价，来自外部的议论。其实，对写作而言，天才涉及的是一种辨认，对内在的创造力的意识。在我看来，天才不仅是一种身份现象，更是一种生命状态。别人认为我们有没有天才，这重要，也不重要。能不能集中心神到一种高级的创造状态，这才是最关键的。

从根本上说，诗关乎我们对心灵的意识和省察。想想兰波在《通灵者的信》中所暗示的，诗的最基本的动机，在于我们渴望辨认出我们的心灵，并在高级的生命形态中拥有它。这种渴求，无论如何都是一件痛苦的事。因为现实世界，现代社会，越来越不支撑这种生命的渴求。什么是堕落，加缪在他的小说《堕落》中已做出了出色的解释。但我倾向于认同奥登和布罗茨基的态度，在诗歌中展现痛苦，以及抱怨我们如何内心痛苦，是件不太得体的事情。华莱士·史蒂文斯的想法也很相近：对于异化的现代世界施加给我的痛苦，恰当的做法，不是诉苦和抱怨，而是要建立起语言的内在的暴力，用语言的暴力抵抗外在世界的暴力。

我并不是一个对人生的痛苦感到麻木的诗人，相反由于生性敏感，我对生命的苦楚有着极深的体会。痛苦出诗人。

我觉得，这主要是说痛苦激发诗人探寻改变的可能，而不是在诗歌中陷入哀叹。我们的诗歌文化喜欢痛苦崇拜。这其实是一种无能，是对痛苦本身缺乏想象力的表现。我们的诗歌文化往往把痛苦加以题材化，把痛苦看得很现实，其实，痛苦是非常神秘的。至少，对诗歌而言，假如痛苦不神秘，那么，它就不值得诗歌认真对待。相比之下，虽然“愤怒出诗人”有很多疑点，但我觉得，它包含了永久的启发。诗人的愤怒，既有现实的一面，也有神秘的一面。比如，史蒂文斯对“语言的暴力”的呼吁，就体现了神秘的愤怒。海子的诗中也有神秘的愤怒。但丁的诗、弥尔顿的诗、莎士比亚的戏剧、德国诗人本恩的诗、美国诗人约翰·贝瑞曼的《梦歌》，都包含了神秘的愤怒。我自己的诗，看似充满诗的愉悦，但在诗歌动机的深处，也牵涉到神秘的愤怒。

不过，从诗歌文化的角度看，我觉得，诗的写作，以及诗的书写所积累起来的诗歌文化，还是围绕人的心智展开的。语言才能对诗人来说很重要，但心智的力量最终决定了一个诗人在语言上到底能走多远。诗人的心智可以很感性，也可以显得偏于理智。

诗和先知身份

克尔凯郭尔曾说，愿意工作的人会生下他的父亲。我愿意借助他的先知般的视角这样想：愿意写诗的人会生下他的先知。诗和先知之间关系，在汉诗的漫长的古典传统中，一直都是一个次要的领域。屈原的激烈的姿态，近于先知，但还不是。李白的豪放的姿态，被定义为“诗仙”，但也算不上先知。在传统中，唯一近似先知的诗人，或许是陶渊明。他从诗意的视角，为我们的文化展现对生活的洞察。而且，陶渊明展现的诗与先知的关系，我觉得非常迷人。在西方文学的传统中，先知角色、先知身份、先知的言述姿态，都体现一种权力，一种带有压抑性的权力。不具有权力的先知，是极其罕见的。由于比常人更早地更深邃地洞悉了存在的真理（或秘密），先知的言述方式往往带有强制色彩，而且习惯将常人按入被动倾听者的位置。因为在逻辑上，对先知传布的真理的拒绝，不仅是愚昧的体现，而且是一种精神的背叛。但在陶渊明那里，诗人采用的先知身份显得非常亲和，没有强制性的东西。有时候，我们读陶渊明，会觉得诗人自己对他身上的先知角色仿佛浑然不觉似的。中国古诗中的世俗色彩，往往令西方文学感到不解，甚至是误解。在西方文学看来，我们的抒情诗太注重乐趣，太流连情趣，缺乏深刻，缺乏真理的维度。其实，汉诗传统中对乐趣的重视，源于古代诗人对乐趣与道的关系的体认。在西方的传统中，一谈真理，就谈不上乐趣。但我们不一样，我们的传统中即使是最深奥的东西——比如，道，都会反映到我们对乐趣的洞察中。在汉诗的古典传统中，对诗的辨认的确有很多貌似迂腐的东西，但总体而言，古代诗人很少会把诗写到无趣的份上。而在现代汉诗的实践中，短短百年，无趣的东西，却非常泛滥。明明已非常无趣，却往往以拥有诗的道德或诗的真理来自居，并对别人的诗歌事业信口雌黄。

我曾写过一首协会诗——《先知协会》。它反映了我对现代文化情境中的诗与先知的关系的一种体察。一般而言，我不太赞同在现代情境中，诗人再以先知的态度发言。在现代环境里，诗人以先知发言，往往会显得很可笑。即使像叶芝讲的，诗人可以戴上面具，这似乎也不是长久之计。但从诗歌与先知的历史关联看，我的基本感觉是，先知的姿态虽然在现代诗的文化规约中涣散了，但它作为一种诗人身份，一种可用于我们择机重新体认诗歌的线索，还是不应该被忽略。我们可以不冒充先知，但我们对诗人身上的先知角色保持应有的敏感，或说充分的警觉。现代诗的言述，应从我们对先知的怀疑或对先知的警惕中学到一点东西。按兰波的提示，我们也可以这么想，在现代情境中，先知是诗人身份中一个秘密的他者。先知不一定指涉人格形象，它可以是一个诗歌角色。而且，在我的感受中，诗的对话有许多层面，诗人的自我对话中有一个层面，就涉及诗人和先知的自我对话。所以，在某种意义上，《先知协会》可以说是这样一种自我对话的展现。我想表达的基本意图是，世界如此丰富，人生之路应该很多。诗的世界如此深邃，诗歌的路也应该有很多。联系到当代的文化语境，诗的抵抗之路备受推崇，也有很多文学势力试图将它强加给我们。但我想，诗对现代的堕落的抵抗，其实应该是多途径的。是有很多秘密的小路可走的。没有必要总傍着扮演历史代言人的那条路走。诗的抵抗，一个总的意图，在我看来，应是将我们带回到对秘密的关注。对诗人来说，首要的是对秘密的关注，其次才是对真谛的关注。在我们周围，对真谛的解释或呈现中，有太多强制性的东西。几乎每个真谛，都有野蛮的东西。而呈现在诗的发现中，几乎每一个秘密，都对我们构成了一种深刻的吸引。

诗和知己

汉诗的传统中，没有“诗神”的概念。我们没有缪斯。这决定了在我们的诗歌文化中，诗的倾听注定不同于西方。在我们的传统中，知己是诗的最终的倾听者。也就是说，诗是在知己状态中完成的。诗的最高的境界是通过知己状态来呈现的。而在西方诗歌的方式里，诗人的写作中，无论在场还是貌似缺席，缪斯都是一个强大的倾听者。也就是说，在西方诗歌的声音中，总会有一个神在倾听诗人的发言。汉诗的传统中没有这个东西。对此，我曾经秘密地感到过遗憾。后来想想，这也许就是我们的特殊的诗歌命运。在新诗的传统中，历史有时会充当这个神，但更经常的情形是，大众有时会充当这个神。我们的诗歌写作经常会面临着这样的训诫，或者说胁迫：你的写作已远离大众。在我们这里，群众的眼睛是雪亮的，最有洞察力的。这是一个很棘手的麻烦，但也可能是我们命运的一部分。有时，我会这样想，“民主”——也许稍加变异，会是惠特曼式的诗的民主——似乎天然就是新诗传统中的一个随时都会在场的倾听者。我也更愿意积极地看待这种情形：没准，在经受住这种磨炼之后，这也增加了当代诗的可能性。

当我们在谈论诗的修辞技艺时我们在谈论什么

不妨从诗的根源上来看待这些问题。汉诗的传统强调“诗言志”和“发乎情”。后来又延伸到“性灵”和“性情”。汉诗的文化传统推重意会。什么是意会？对汉语诗人来说，似乎从来就不是什么问题。它是由文化的默认规则钩织出来的一种意义的氛围。诗的意会是由知己文化来支撑的。语言之于诗，在文学潜意识里，是被看成如同“筌”之类的器物。这会在诗的书写中造成一种什么样的文体意识呢？就是大家都向往“不着一字，尽得风流”。大家都趋之若鹜于“羚羊挂角，无迹可求”。所谓言多必失，倒不在于说多了会暴露真话，而是说多了是一种笨拙的标记，在体统面前会显得粗俗。在古典范式的范围内，古代的诗体，如果不过度苛求的话，不可说不发达。但按现代的眼光，我们就会觉得，它的发达是局限在特殊的抒情体式之内。叙事性、戏剧性、反讽，在古典的抒情体式里都处于次要的文学位置，而且在审美观念上还备受贬抑，被归类于下里巴人的爱好。

在我们漫长的传统中，戏剧、戏剧性，都属于俚俗范畴。在现代的学术框架里，虽然我们用现代的学术对古代戏剧做了新的叙事，但有些文学基因层面的东西，是非常顽固的，很难根除的。比如，在诗的言述层面，在当代的诗歌文化内，我们还是会有意无意地贬抑叙事性，以及与其相关的散文性的东西。对于诗歌的文体感觉，在总体上，我们还是会倾向于贬低诗中的散文。甚至是会习惯性地用笼统的“散文化”的概念，将我们在新诗的现代实践中沿着诗与散文的关联所做的探索，一棍子打死。虽然在我们的文学史叙述中，引入了“散文诗”的概念，但我们还是会对这样的文类将信将疑。比如，鲁迅能凭散文诗集《野草》立足新诗的文学史吗？张枣曾说，郭沫若的《女神》算不上是新诗的奠基之作，鲁迅的《野草》才配是新诗的奠基之作。反过来再看西方的例子，在西方的传统中，戏剧，比如古代希腊的戏剧，几乎从一开始就是文学的正统，是西方文学传统的基石。对戏剧性的重视，实际上为19世纪依赖的西方诗歌的开放性，奠定了一个深远的基础。换句话说，参照西方的诗歌演变，汉诗所采用的文体，以及它所遵循的文体观念，就显得有点过于狭窄。五四那代知识分子已意识到，我们的汉语，在理解世界方面，在帮助我们拓展人与世界的交往方面，面临着一次双重的解放——语言上的解放，语体上的解放。而近几十年来，我们喜欢反思五四的反传统，似乎五四有个原罪——在纽带的意义上割裂了传统和现代之间的承续。其实，我觉得，我们应从集体无意识的角度，带着更多的同情、更宏大的眼界回到五四知识分子的“反传统”的话语中。五四话语中的一个重要的主题其实是“解放”。在特定的历史情境中，新诗之于古诗，是一次解放。但这也是可以转化的，可能在不同的实践语境里，随着我们对古典传统做出了新的解释，古诗反过来也用于新诗自身的解放。总之，我更愿意从诗与解放的关联来看待新诗以及当代诗的书写实践中对叙事性、戏剧性、反讽的注重。

当代诗和叙事性

叙事性与当代诗的关系，正如戏剧性和当代诗的关联一样，都不仅仅只限于诗的修辞技巧范畴。对叙事性的关注，涉及对诗与散文的关系的重新体察，这是语言层面上的事；也涉及对诗的类型和诗的内容的关系的重新认识：对叙事性的采用，从修辞层面，让诗的风格显得更加坚实；从文类层面，扩大了诗的包容力。新批评派一直宣称，为了应对现代世界的复杂，现代诗必须是一种包容诗，在类型上不再像以往那样是一种纯粹的诗。而回顾新诗的历史，我们会发现，在 20 世纪 90 年代开始倡导“叙事性”之前，我们在类型的意义上对现代诗的理解，还非常有限。最后，恐怕，最重要的就是，对叙事性的关注，牵涉到对诗的体认的变化，牵涉到诗的审美观念的变化。对叙事性的重视，实际上反映了当代诗人的一种特殊的心理焦虑。即当代诗应容纳更多的现场经验。并且，应以直接的方式展现诗人的在场。如果我们重视诗与见证的关联，我们就会格外看重诗与经验的关系。而就诗的表达而言，无论人们的角度有怎样的差别，一个直观的事实就是，叙事性能强化诗与经验的关系。从实践的角度，回头再看，也许叙事性不再那么具有时尚意味了，但我想，当代诗经历过这种历练，叙事性与诗的关系，对当代诗的写作，会变成一面有益的镜子。某种意义上，诗的叙事性所积累起来的当代实践，对以后的诗歌探索，也会构成一种极为有益的诗歌资源。

叙事性之所以在当代诗的进展中变成一种诗歌现象，其实还是诗人的经验发生了变化。叙事性的勃兴，也标识着诗人想象力的转向。既是诗人个人的需要，也是语言本身的需要。法语诗歌、意大利语诗歌、西班牙语诗歌，它们非常注重抒情性，叙事性很少，但英语诗歌非常注重叙事性。西班牙语诗人、法语诗人，他们的想象力非常跳跃，比较活泼，英语诗的传统相对而言比较重条理、重理性，注重叙事性。在法国文学传统里，诗的叙事性，在我看来，不太受重视。法国诗，从汉语的标准看，更注重对世界的奇妙的体验。诗发明出一种姿态，以此来调整个人和世界的关系、个人和语言的关系、个人和生存的关系。它不需要太多说明性的东西，法国文化的感性特征支撑这种诗的取向。而英语思维非常重视逻辑性，它的语言结构支撑着那种线性的、逻辑性、层层推进的东西。所以，英国诗歌，在我看来，确实有一种强大的想象的逻辑的东西在里面。中国当代诗歌的叙事性的缘起比较复杂，如果从语言方式上来讲，可能受到英美诗歌的影响。但我觉得，最根本的，还是源于新诗在语言发展上的自我需要。诗的叙事性，从本质讲，它反映的是诗歌在经验上的进展。新诗史上，我们也许在体裁上考虑诗的叙事性，但绝少从现代诗与诗的经验的关联的角度重视过诗的叙事性。所以，这是一个严重的忽略。

中国的经验这么复杂，仅仅用那种过度跳跃的，或者像朦胧诗那种密集意象的方式来处理，有时候会显得太干巴，缺少语言的活力，也缺少想象的层次。像朦胧诗那样，把诗的能力过度集中于诗的意象，这就把语言上的很多皱褶、细部的丰富给去掉了。我们不断在中国的现代历史中遇见这么多问题，如何从文学的角度、从日常经验的角度来处理它们，确实是一个颇具挑战性的话题。现代诗的写作在很大程度上依赖于我们必须在语言中学会判断事物。此外，诗的现代书写中对语言的精确、硬朗、真实的内在要求，也激活当代诗对诗的叙事性的实践。比如拉金那种“运动派”诗歌，对英国社会世相的描写、分析，把诗的抒情放到叙事的框架里去。这让诗歌变得更真实，更厚重。这样的诗歌实践会生产出一种诗的观点。

中国的经验现在来看还是比较沉重的。上个月我请在台湾的杨小滨来北大做讲座，他提到：台湾诗界觉得大陆诗人写的东西很重。这就很有趣。因为在我们看来，我们又觉得台湾的诗写得很轻。但我想，诗的叙事性，作为一种文学实践，应该能为诗的描述和诗的抒情的结合找到新的平衡。

帕斯捷尔纳克晚年的时候，人家问他为什么要写《日瓦戈医生》。他说老写抒情诗，感觉分量不够，他心里有个大东西，一定要用长篇小说才能表达。从文学上讲，这涉及一个很怪异的默认规则：抒情的分量相对说来似乎无法包容沉重的生存经验。所以，现代诗的书写一直在寻找抒情性与叙事性的新的融合。诗的叙事性其实反映出了现代诗在文体上的包容力。从观念上溯源，庞德早年也曾呼吁，我们的诗应该写得跟散文一样好才行。因为，散文性代表了一种独特的书写的趋向，它可以把人生的丰富性、生存的秘密和真相都揭示出来，并在文本上塑造成一个整体。但是抒情性搞不好，会流于末流，只知道围绕星空、玫瑰、夜莺，兜售些小感触。所以庞德特别赞赏艾略特写《荒原》，用诗剧的结构从整体上、从文明的背景上来应对现代的复杂经验。庞德希望诗的语言能做一个变革，它可以源于现代的压力，但最终必然会超越现代的局限。在经验上、在文体的强度上、在文学的洞察力和诗的想象力上，诗歌语言都不能太柔，要硬朗一点。从这个意义上讲，诗的叙事性反映着诗歌对时代的洞察及对生存经验的自觉。

叙事性和抒情性的当代张力

必须申明，涉及诗歌的发展轨迹时，所有从浪漫主义到反浪漫主义的描述，都是二流的文学批评强加给诗歌史的产物。如果我们过于当真，就会被引入歧途。在这个问题上，我建议我们都去读读王敖最近写的一篇精辟的文章——《怎样给奔跑中的诗人们对表：关于诗歌史的问题与主义》。他对新诗与浪漫主义的关系的见解可说是发人深省。新诗史上，20 世纪 20 年代中期和 40 年代，新诗只反对过“伤感主义”。但遗憾的是，许多人都把“伤感主义”等同于“浪漫主义”。我觉得，在今天，我们必须要反思一下我们对浪漫主义采取的种种轻佻的态度。在我看来，现代诗基本上是浪漫主义的现象。现代诗的想象力的核心是对抗工业文明背后的工具理性主义。从这个角度看，浪漫主义反映的是现代性的一种自我矛盾。我自己的想法是，浪漫主义在今天依然可以作为一种诗歌的秘密语境出现。对诗歌写作而言，浪漫主义依然可以体现为一种源泉，同时，它也可以是一种语境。

谈到诗的抒情性，一方面，我觉得我们应该更新我们对抒情性的认识，扩大我们的关于抒情性的概念。在朦胧诗兴起的前前后后，我们的主要问题是，诗的抒情性缺少多样性。另一方面，我觉得，必须维护诗的抒情性。假如在当代诗歌的发展中，果真有“去情感化”这种玩意，那么，我的立场也很鲜明：就是让这种“去情感化”见鬼去吧。因为从文学动机看，诗的写作必然和人类的情感有关。诗歌写作关乎的是人类的情感教育。所以，我理解，所谓的“去情感化”可能只是一种局部的类型化的写作现象。假如真的存在这样的趋势，那对当代诗歌而言就太可悲了。假如西方的诗歌喜欢那样转变，就随他们去吧。树林子大了，什么鸟都会有。

另外，我觉得，在我们维护诗的抒情性的同时，也应该让诗的抒情性明白，诗所涉及的情感是有尊严的。但很多诗人在表达情感时，流于情感的情调，很少能写出情感的自尊的那一面。

在诗的叙述性问题上，存在着一种误解。似乎当代诗自 20 世纪 90 年代以后的叙述性语言的勃兴，是以牺牲诗的抒情性为代价的。这是极大的误读。叙述性，不过是在诗歌的结构上给抒情性戴上了一具面具，并不意味着感情强度的降低。比如，在像黄灿然、吕德安、张曙光这样的通常被认为是叙述性倾向显著的诗人那里，他们作品的感情强度从未有过丝毫的减弱。

诗的治疗要高于诗的拯救

诗确实有治疗的效果。我虽然不太情愿将诗与治疗的关系，做过于弗洛依德式的理解，但我认同，在艰难的生存中，大多数时候，诗可以体现为一种治疗。虽然早年，我会觉得与其把诗作为一种治疗，还不如把诗作为一种拯救。诗的拯救高于诗的治疗。我曾忧虑于诗的治疗是对诗的拯救的一种拖延。但是现在，我开始有不同的感觉：至少对我们所置身的境遇而言，很可能，诗的治疗要高于诗的拯救。我们经常会谈到诗的解放，但有时候，诗的解放显得太遥远，太抽象。而诗的治疗在感性上会显得更具体，更容易触及。有时，想想诗是以治疗的方式来触及我们的解放，也挺好的。

很少有东西能真正让我困惑。对我来说，这是一个很大的问题。因为从流行的认知常识来说，我们表现出我们经常受到困扰和困惑，说明我们进入了真正的思考状态。假如一个人说他很少遭遇困扰，人们的本能反应会是，这家伙的思想很贫乏。人的生存中有那么多让人困惑的东西，这家伙怎么能感受不到呢？但对我来说，诗和困惑之间的关系真的无足轻重。与其说诗和困惑有关，不如说诗和诱惑有关。我们从诗的诱惑中获得了一种神秘的激励，一种可用于人生的尊严和生命的自尊的激励。

一种信念，或曰诗是诗的主题

对我来说，在诗中谈论诗，是一件很有吸引力的事情，也是一件很自然的事情。古诗中已有以诗论诗。杜甫的论诗之诗，很难让人不生技痒之感。我在诗中谈论诗，有时是无意为之的，有时是有意为之的。我们的现代诗歌文化，喜欢将诗作为时代的工具，几乎没给诗的自主性留下任何余地。所以，我在自己的诗中反复触及诗的话题，基本上是围绕诗的自主性展开的。也可以这样理解，我在诗歌中反复涉及诗的话题，一方面，和诗歌动机中的元诗的冲动有关；另一方面，就是为了有意识地抵抗诗的工具性。在百年新诗中有过相当长的一段时间，我们的官方文化不承认诗有自己独立的使命。我们被教育说，生活是诗的源泉。但是，在我看来，更有可能，诗是生活的源泉。至少，诗和生活应该互为源泉。

此外，这样做也涉及一个美学的企图：诗是诗的主题。假如我们赞同诗意地栖居是一种理想，一个值得追寻的目标，那么，在诗歌中诗的视角，自然就成为一种最重要的文学母题。假如我们在生活中谈论诗是可能的，是自然的，那么我们在诗歌中谈论诗也是自然的，可能的。而假如我们在生活中谈论诗，已不够那么自然，已显得有点可笑，那么我们在诗歌中谈论诗，就是一种十足的必要。

诗和象征主义:作为一种私人关系

20 世纪 80 年代开始写诗时,我受象征主义的影响很大。马拉美、瓦雷里、兰波、艾略特、里尔克,构成了我最初的诗歌视野。按周作人的解释,西方文学中的象征观念,在修辞的方法上,跟中国文论中的“兴”是相通的。象征,既是对存在的秘密的高度概括,也是给予混乱的世界一种审美的秩序。在诗歌中,形成象征的过程,就是揭示世界的真理的步骤。这些,都对我有很大的启发。直到 20 世纪 90 年代后期,我的写作在整体上偏向于象征的方式。世界的存在是一个象征,同时,它也是一个象征的体系。捕捉象征,磨炼了诗的敏感和细致。象征,在方法论上,基于神秘感。我推重诗的神秘主义,对人和语言、人和生命之间的神秘关联,我从来都非常有兴趣。无论世界怎么发展,如果丧失了对存在的神秘感,生存的乐趣、生命的乐趣也就没有了。某种意义上,甚至可以说,没有神秘感,人本身的存在依据也就丧失了。没有敬畏,必然会导致堕落。

我的诗歌观一直在变化。但从某种程度上讲,我觉得我一直在美学上效忠于诗的象征主义。对我来说,象征主义是一种诗的范式。它和时代的关系不那么直接,这曾被认为是它的缺点。但这种疏离,恰恰是用诗的方式在我们的身体内部抵御现代世界的堕落。所以,我前期的诗歌可能更偏于诗的跳跃、内在的张力、突然的中断。通过在语言的组织层面尽力挤压词语和意义之间的关联，来获得一种高密度的诗的强力。这样的诗歌动机，也和我早期偏爱超现实主义有关。用超现实主义来延伸象征主义，再用象征主义来提升超现实主义，这可算是我早年最喜欢的审美方式。这其中，一个总的意图就是厌恶诗的线性，以及寄生在诗的线性表达上的说教。从早期的成长经验看，我几乎是非常自然地就把虚伪的说教，归因于线性表达和明晰原则。所以，一旦想借助诗的自由和诗的私人性质清除掉那些说教给我造成的伤害，我怎么还会对诗的线性和明晰诗学有好感呢？但随着年龄的增长、阅历的增加、眼界的开阔，我也不断调整我自己对诗与线性表达之间的关系。毫无疑问，对拉金的阅读，对希尼的阅读，对弗罗斯特的重读，让我重新认识了诗的逻辑术。在处理一些带有自传性的素材的时候，我希望我能写得坚实一些，用更直接的方式触及诗的内容。这么讲吧，从象征主义那里，我认同诗在本质上展现的是洞见。这种生存的洞见，不太需要验证和解释。某种程度上，我对中国古诗采取的方式也是一种象征主义的方式。但拉金让我认识到诗与见识的关联，以及诗作为一种见识所具有的感染力。

总的说来，从早年开始，我一直信奉诗的本质在于它对人的创造力的激发。也就是说，诗的本质在于创造，在于发明。诗不仅是表达对人生的看法，更主要的，诗发明了对人生的看法。诗的自主创造为我们的生命捕获了新的认识和新的机遇。对我们的生存来说，诗的支点是体验，诗的原点也是体验。就这样，因为在成长过程中我们那代人遇到了太多的精神禁区，所以，我习惯将诗看成是一种解放的力量。诗关乎我们自身的解放。我不太情愿将诗看成是一种见证，比如，像诗人米沃什所理解的那样。不知为什么，在我们的文化语境中，诗的见证很容易堕落成一种偏执的东西，也很容易诱发人们借诗的见证来投机诗歌。诸如此类的媚俗行为，我看得太多了。由于我们所处的环境，我们当然离不开诗的见证，但我还是希望我们能将诗的动机挖掘得更深邃一些。我还是希望在我们如此可疑的生存境况中，诗最终是以诗的辨认能力来激发我们的。诗是一种激励。诗通过陌生的辨认来激活我们身上最令人吃惊的东西。

诗和词性

连接词在诗句中的名声一直是可疑的。从阅读观感上，连接词往往被视为文本的赘物。形容词的使用，曾被判定为一种美学上的恶习。我开始写诗时，会听从庞德的教诲：少用形容词。形容词导致的语言修饰，很容易败坏诗的真实。接着，大概是 1987 年吧，布罗茨基的告诫又开始不绝于耳：写诗只要名词就够了。一般情况下，我很少会将他们视为外国诗人，而更愿意将两人看成讲地方方言的前辈诗人。作为经验之谈，我觉得，这些告诫包含着独特的启发。比如，参照布罗茨基的“名词诗学”，再顾及美国新超现实主义诗人对唐诗的借鉴，我们会觉得唐诗很“现代”。但作为一个写作秘诀，我觉得，布罗茨基的告诫，可能主要局限在风格意识方面。它让我们关注诗是如何坚实起来的。从另一方面讲，在诗的写作上强化名词诗学，固然可以写出坚实的诗，也可以让诗在风格上避免浮泛之感。但这样写，写多了，就会变成一种偷懒的方法。最后，弄不好，会让诗的写作堕落成一种名词的堆砌。后来，我注意到，这两位前辈的告诫其实都和他们所用的语言有关。英语和俄语本身，反映在诗的句法层面，都有很强的音乐感。但在我看来，汉语本身在句法方面有极大的灵活性，但从语音学的角度看，它的音节缺少充足的变化；至少与庞德眼中的英语，以及布罗茨基眼中的俄语，还是有很大差异的。从古人的吟诗传统中，我们多少也能感受到这一点。所谓吟诗，有一个很大的作用，就是通过吟咏的方式来延宕词语的声音特质。如果古代的汉语在句法层面和构词方面有足够的语音变化，吟咏和汉诗之间的关联就不会如此密切。所以，在我看来，汉语的现代实践其实还是有很多可能性的。它本身是汉语自身发展的一个有机的组成部分。具体到我本人的写作，使不使用连词或副词，说到底，还是跟诗人的语感、诗人的语言意识有关。比如，假如我想在诗的句法层面呈现一种新的节奏，而不使用连词或副词，这新的节奏没法展现的时候，我就会强化对连接词的使用。另外，也可能吧，我对现代汉语的连接词在诗的句法中形成的中断和传递，感到着迷。

在诗歌中如此大面积地使用连接词，确实要冒很大的风险。但作为诗人，我宁愿冒这个险。连接词的使用，说到底，不仅仅是一种风格问题，而是对诗的想象逻辑的一种新的体认。第一，我觉得中国的文学想象力里面，对艺术创造的抽象性重视得不够，这是一个很大的缺陷。中国文学的想象力里面，对感受性、悟性的理解非常发达，但是往往排斥语言和经验之间逻辑性的把握。所以我在创作里，有意识地逼迫自己关注这种抽象性。抽象性也是一个矛盾体。你用好了，它也会转化，因为物极必反。你把抽象性用到一个极致的时候，它可能也会牵涉到很有新意的感性，或者能够帮助你与之建立一个关联。第二，你怎么理解抽象性，它跟思辨、感性、智性、心智的关联是什么。如果你的诗中写了很多智性的东西，这在中国文学中叫抽象性，但是你换一个批评系统，它就叫智性，就变成另一个东西。很多网友都说，你的诗歌里面连接词太多了，什么“而且”“毕竟”，关联词太多了，你能不能去掉。有人还做了个游戏，把我这些词全去掉了。我觉得去掉完全可以，但是去掉之后，我使用的语气或者角度，就没有了，可能就和别的诗混在一块儿了。这些关联词的运用实际上在完善一种语言的想象力。不是说我爱用这些东西，我也可以像古人一样完全去掉这个。我不缺乏这样的文学能力。但是对有些事物，比如我们今天在谈论的这么复杂的经验的时候，如果只是情绪性的一个呈现，不加上评论性的东西，可能很难把真正的诗歌的洞察呈现出来。这不完全是修辞上的一个考量和取舍。

诗和小说

对一个真正的作者而言，采用哪种文体来表达他的思想意识，和才能的偏好有关，但最根本的，起决定作用的，恐怕还是他对时间的感受。我曾在我的诗歌笔记里写过，诗既是为我们节约时间的方式，又是一种浪费时间的方式。小说偏于为我们节约时间，所以小说必须以经验来立足。小说没资格也没资本浪费时间。我一直很喜欢戏剧，不同于节约时间，也不同于浪费时间，戏剧强化了时间。但与之相比，我还是更偏爱诗歌方式——我们都害怕时间被浪费，但诗歌可以无畏地浪费时间。我猜想，对生存来说，我们的尊严和勇气的形成都来源于诗对时间的极度浪费。而且，这里面，还有一个很重要的伦理问题，就是诗歌所浪费的时间，都是它自己在我们身边、在我们内部所节约来的时间。说起来，也带有伦理的美学色彩，诗歌从未浪费过时间。通过对时间的独特的浪费，诗呈现了对世界和生命的洞察。帕斯捷尔纳克曾觉得，诗歌是一种时间的浪费。但他的立足点，我不太认同。在帕斯捷尔纳克看来，和写小说相比，抒情诗的分量不够，有点像是在浪费时间，因为诗不足以体现见证宏伟。而小说则可以替我们节约时间，将我们的关注点集中于重大的事件。我觉得，这是一种对见证的过度的迷信。诗，既是见证，又是共鸣。我想，我更偏爱诗的共鸣。见证，很容易被二流的写作带入到一种虚假之中，也很容易染上投机色彩。而诗的共鸣则始终是最根本的。从高中到大学，我读过大量的小说，也尝试过写小说。我的朋友问，你为什么不写小说？我回答，我更喜欢保留我随时都会写小说的权利。到目前为止，诗的乐趣在我这里还远远没有被穷尽。

不合时宜的举证

我好像从开始写诗时起就很高产。20 世纪 80 年代开始写诗时，大家很狂热。所以，那时写得多，并不稀奇。我写得多，纯粹是个人的原因。金牛座的人比较勤奋，对喜欢的东西有一种特别的执着，我也许受到了这种星座性格的影响。另一方面，写得多，可能和我对诗歌的理解有关。对我来说，诗就是一种书写。而写作的原始情境，就是一个人面对一张白纸。所以，我理解，写作必须包含白手起家。其次，对我来说，诗才指向一种类型意义上的具有特定风格向度的创作。我经常私下区分写作和创作之间的不同。把诗看成是一种写作，从心态上，可能会释放很多东西。而把诗看成一种创作，也许无形中会接受很多关于什么才是诗的观念的催眠。此外，我想我早年深受瓦雷里的一个说法的影响：诗不是灵感。这种影响又受到里尔克对罗丹的评论的加强，即诗是一种工作。这也涉及我对新诗历史的观察。在我看来，新诗史的最严重的问题是，诗人很少能进入到一种自觉的工作状态。人们总把诗看成是一种灵感现象。而我更倾向把诗看成是一种内在于生命的审美想象。当然，我也会经常反思自己的写作状态。

我的朋友也常常会严厉地提醒我，这样的写作可能会产生问题：比如会出现重复，会让读者产生阅读疲劳，甚至会形成某种写作的惯性。

我想，我会考虑所有的批评。其实，我对自己的批评也很严厉。但某种程度上，我仍会坚持我自己的写作节奏。前面已讲过，它是一种工作状态。对我来说，它很自然。如果能量耗尽，它也许自然就会衰弱或终止。此外，我也这么想过，我目前的写作状态，也反映出我渴望加强诗和存在之间的联系。比如，我最近写的诗，都是基于日常生活观感。几乎所有的诗，都取材自日常的所见所闻。比如坐地铁，买菜做饭，去银行还贷，每个日常动作，对我而言都埋伏着诗意。从感受出发，诗意是一场遭遇战。我现在的写作状态，也牵涉到我试图反思诗的写作和日常存在之间的关联。在我看来，汉语和诗的关系其实很丰富，也很多样，我们需要以日常性为契机，把它们之间隐藏的多种路径释放出来。

我并不特别在意重复。关于重复，纳博科夫讲过，天才的作家才会重复自己。在创造性的工作中，重复有两面性：一方面，是低层次的重复，即简单地复制自己；另一方面，重复又指向高级的创作形态。比如，艺术风格的连续性就必须依赖重复。毕加索的绘画，他的蓝色时期，就必须依赖某种程度上的重复，蓝色的背景，风格的连续性才会形成一种力量。在诗歌中，哪怕是作为一种效果，重复都是带有多种意向的。从表面看，我的某些诗在类型上很相似，其实，如果深入细读，我觉得它们还是有相当紧张的内在差异的。我比较看重表面的重复下包含的内部差异。

写得多，也许还和生命的好奇有关。这种好奇，基于对诗的一种辨认——正如布莱克讲过的：对人生来说，诗是我们的“天真之歌”。在生活中，我努力保持住自己的好奇心。诗的洞察是建立在诗人的好奇之上的。我在生活中经历过很多波折，但总体来说，仍然保持了一种积极的态度。按古典的标准，也算是一种超然吧。生命基于可能性，诗歌也是这样。所以，遇到挫折，我总是尽量往好的方面想。这也让我形成了一种目光，总喜欢从新异或陌生的角度去重新打量身边的事物——我称之为“身边的奇迹”。用英国作家玛尔廷（E. M. Martin）的话说就是“道旁的智慧”。也许，动用这样的眼光，是我不知疲倦地投入写诗的一个原因。从素材的角度看，诗的对象永远都在变化，人不可能同时踏入两条河流，所以，同一个事件，同一个物象，今天看是一个样子，过一阵子看，一定会有新的面貌。写诗时，即使我面对的是同样的东西，但随着语境和心态的变化，我看待它们的眼光，以及赋予它们的意义的角度，肯定也变化了。

按流行的说法，我经常被指认是诗歌的学院派。其实，我对各种各样的事情都有兴趣。哪怕是爱因斯坦的相对论，我也会尝试去理解。我的视野非常广泛，我读的书也很驳杂，闲书里面有万金。哲学、人类学、动物学、植物学、民俗学等方面的书，我都喜欢读。我不在乎学科的行业术语。对我来说，越是艰深的书，越像小说。比如，笛卡尔的书，对我来说，就是一本本小说。《论语》《庄子》某种程度上，也是博尔赫斯意义上的小说。阅读的乐趣既平凡，也很神秘。像《地球简史》《时间简史》这样的书，我都是当小说来读。我不是乐观主义者，但我的确憎恶阴郁的东西。所以，我猜想，写作的状态除了和观念的自我修正外，也和开放的心态有关。

诗和精确

诗的精确和诗人的感受力之间的关联是非常奇妙的。现代诗的一个很重要的审美维度，就是对诗的精确的欲求。古典文论中，诗眼好像在概念上很接近现代意义上的精确，但如果从诗歌想象力方面去衡量的话，还是有着很深的不同。诗的精确，反映出诗人对世界的细节的好奇。所以说，诗的精确源于新的感受力，其实一点都不夸张。不仅如此，在我看来，诗的精确甚至主要不是风格上的诉求。诗的精确更像诗人意欲改进诗的眼力，从更新异的角度去辨认世界的一种举动，甚至是一种措施。

诗的精确还关涉一个诗人对诗的或许有点不同于以往的感觉。在写作过程中，它也许不那么明显，但是它很重要。精确意味着你会处理一些东西，而这有可能在诗人的观念中引起剧烈的反应。更多的时候，诗其实不是诗，而是一件特别的事情。诗作为一件事情的含义是，在生存的历程中，你需要认真用生命去处理一些东西。首先，因为敏感于精确的诉求，诗人在处理诗的细节方面会格外专注。这种专注，会导致新的节奏感。

注重诗的精确，还有助于把诗还原为一种艺术工作。至少，我喜欢这样的感觉。对诗的精确性的追求，在很多方面，也确实有点像给诗的题材实施外科手术。但总体的把握上，我还是更倾向于将诗的精确看成是一种整体效果的产物。也就是说，诗的精确是细节和意图之间不断磨合的产物。就好比水库，建水库需要精确的测量和精密的设计，以及严格的工程实施，但水库建好后，我们看到的，却不是这些精确的细节，而是一种总体的风景。现在回顾看，应该说，两种情形都有，既有对原始动机的不断强化，也有你说的阶段性的艺术处置。

实际上从开始写诗起，我就尝试过多种风格，希望打通多条路径。我能用很理智的方式写，也能用沉思的风格去打磨经验，还能用非常跳跃的方式写。作为一位诗人，如果我努力返回到捕捉每首诗的原始动机，我觉得，就会避免把自己局限在一种风格类型里面。

现代诗和即兴性

我当时不太喜欢拉金那样的诗人，觉得他太依赖散文，线性叙事。但 20 世纪 90 年代后期，一个偶然的机会，我耐心比较了奥登和拉金的诗歌，比较了史蒂文斯和希尼，重新感受了一种震撼。拉金的诗，偏于经验的省思，注重内容。通常我们喜欢说锤炼语言，但我在拉金的诗里发现了对内容的锤炼。拉金喜欢用散文的方式来锤炼诗的内容，并写出了新的气象。我发现拉金的方式，对我的西班牙情结起到很好的修正作用。

我将拉金的写作方式归为日记式写作。也就是说，作为一个诗人，你可以把你对世界的丰富的、即兴的感触，随时收集起来。我没有必要把所有的生存感受都强行放到象征主义的诗歌模式中来发酵。这样，我针对我自己的形式主义，找到一种反形式主义的方法。20 世纪 90 年代后期的写作，我更依赖诗歌的直接性。新诗文化中，我们对诗的直接性的理解还不够深刻，往往以为口语、不变形就是直接性。所以，大多数时候，我得为我的诗歌癖性发明一些直接性。我得想办法把即兴的东西和深邃的记忆联系起来。但总的说来，不论如何偏好诗的直接性，我对“形式意志”的执念却从未有过丝毫的松懈。

有一阵子，我又重读陶渊明，重读李白，重读先秦诸子。按我的观感，我觉得在汉诗的传统中，古人对即兴表达的信赖其实是非常深刻的。汉语的表达，有精致的一面，但这精致又和即兴深深地粘连在一起。一般理解，即兴是对精致的突越。其实在我们的传统中，精致的表达更像是对诗的即兴的僭越。我差不多相信：中国诗的出发点是即兴审美。这才是我们最宝贵的诗歌遗产。像庄子，他的想象视域非常开放。对庄子而言，每个直觉都能在语言中找到一个例子。我觉得这对诗歌很有启发。

我有时觉得，对即兴审美的思索，也是我写丛书的一个理由。诗的写作中，打磨语言、提炼素材是必要的。但这很容易滑入过于精致，从而损害诗的活力和对素材的直觉。所以，必须找到阻遏精致的办法。否则，很容易把闪光的东西弄得失去了色彩。即兴诗学依赖于对诗的语言作为一种生命能量的独特的辨识。假如意识不到语言是一种能量，我们也很难把即兴表达发展成一种高级的东西。即兴的本质在于激活语言，让语言重新释放出奇异的光泽。

诗歌中的散文

早年写诗时，由于受象征主义的影响，我推重张力诗学，认为诗的力量源于语言的密度。但即使在那时，我也写过一些现在看来偏于口语表达的诗歌。我对诗与散文的关系，始终抱着一种神秘的兴趣。我个人一再重申，我偏爱的是诗歌中的散文。对那些指责新诗的散文化的批评，我从来都抱着幽默的态度。诗的散文化，其实也是很多样的。诗的散文化，可以很松散、松懈，也可以很紧密、跳跃。新诗的散文化，肯定有一些弊端，但它是汉语的一种方向；甚至也可以说，汉语诗歌中的一个从未被深入开拓的领域。它有风险，但诗的写作不冒任何风险，还有什么意思呢。新诗的散文化，也不是对和错这样的东西就能定论的。我们的诗歌观念里有一种语言洁癖，即不区分语境对诗的语言影响，只一味强调语言的纯粹。恨不得诗的语言比语言中的语言还语言。这是一种相当病态的语言禁欲主义。诗的写作要依赖语言的纯粹，但我们对语言的纯粹的理解，也是不断生成的。按我的直观，新诗的实践开启了汉诗写作中诗和散文之间的新的领域。某种意义上，我们还处在开始的阶段。诗的散文化，其实未必就是诗的散文化。正如我们的传统智慧里提示过的——看山，未必是山。

诗的散文化，显示了一种新的实践的可能性。传统的写作范式里，汉语的表达已发展到极致。但诗的语言方面受到的限制也很大。所以，我倾向于把“新诗的散文化”看成是一种汉语的新机遇，它在现代汉语里开启了诗和散文之间的新的关系，也启发了新的实践。现代汉诗的写作还是以激活语言的活力，加强现代的洞察为主要任务。我们必须学会打破自己的偏见。散文化与否，还是要看诗的实践。散文化，在诗的实践里不是绝对的标记。今天的散文化，没准在明天看来，就很具诗性。所以，还是要抱着一种开放的宽容的态度。

海子和存在之诗

把海子界定为“农耕时代最后的歌者”，肯定是不恰当的。这样做，既有懒惰的问题，也有无知的问题。海子来自农村，但他和农村之间的关系，其实也很复杂。就像海子对城市没什么好感，但他和城市之间的关系，也不那么简单。农耕场景在海子的诗中主要还是一种带有强烈的隐喻色彩的修辞策略。海子对农耕意象的书写，在我看来，并不能简单地等同于他对现实中乡村的理解。海子诗歌中的农耕场景，其实应理解为一种诗的原始场景；在根本上，它们体现的是海子对生存的真相和生命的本质的一种理解，甚至是一种洞察。也就是说，海子的农耕场景展现的是他对人的生存本质的思索，以及他对生命的真谛的一种吁请。如果把海子概括成哀叹乡村的衰落或留恋乡村的美好，那就有点太小瞧海子的诗歌了。当然，我不讳言，海子对乡村的描绘，也有很多审美陋习。但在海子的后期，诗人其实也一直在做自我修正。海子的诗，首先是存在之诗。

“寻求中国诗歌自新之路”，是海子自己在文章里提出来的。这既是说给同代人听的，但主要还是对他自己的一种严厉的提醒。闻一多早年，也有过类似的表达。但在新诗的百年历史中，现代汉诗对“新”有强烈的欲求，但说起来，这个“新”里有多少“自新”，恐怕要有很大的折扣。某种意义上，也可以说，我们热衷于“新”，但又把“新”的范围和“新”的路径设定得太明确，这就难免过于功利，太想走向世界，走向现代。百年新诗，主要的文学驱动力基本上是追求“现代性”。作为一个趋势，也许没大的问题。但从现在的情形看，我们的“新”和“现代性”之间的关系太单一、太透明、太功利，几乎没什么褶皱和回旋。这就在文学视野和诗歌的想象力方面产生了很多问题。在 20 世纪 80 年代的诗歌场域里，海子同时代的诗人也许都在谈寻求中国诗歌的“新”，但海子所说的“自新”还是与他们有区别。前者的诉求，有强烈的文学功利色彩和文学政治的痕迹，基本上不脱西方的现代主义。海子的诉求里，没这些文学意识形态的东西。海子的可贵在于，他呼吁我们重视土地和血，呼吁我们重视语言和生命之间的原始关联，特别是这种关联中未被规训的部分或成分。换句话说，在别人忙于将我们的现代诗歌观念打磨得更具有国际色彩的时候，海子请求把诗歌的根基更深地扎向我们自己的生存经验。海子在“寻求中国诗歌自新之路”中，几乎没给文学意识形态意义上的现代主义留下任何位置，这一点现在看来，的确很难得。

海子对农耕场景的描绘，不应该被草率地归于对乡村经验的表达。就像凡·高的绘画一样，农耕场景隐喻了一种原型意义上的生存景观。海子的书写里，也许有浪漫主义的痕迹，但海子对乡村的描绘，实际上是在表达一种存在的乡愁。这个乡愁，包含了对现代的物质主义的不信任。

海子是一个有着严重局限的大诗人。一般而言，诗人都想克服他的局限；但我觉得，海子对他自己的局限的克服，是以放纵局限的方式来施行的。某种意义上，海子的局限反而成就了他。20 世纪 80 年代的诗人，有点抱负的，都有意无意把诗写得很“严谨”——基本上是沿着现代主义的诗歌范式，小心翼翼地经营意象和精致地打磨思想主题。而海子的诗写得很放纵。我个人的看法是，海子的诗第一次让当代诗具有了一种真正的开放性：语言上的开放性、表达上的开放性和诗性上的开放性。海子对 20 世纪 80 年代场域中的意象观的反感，我觉得也颇具启发性。

20 世纪 80 年代诗歌对意象的理解，往往偏于将意象和雕塑联系起来看待，诗的意象必须像雕塑一样结实、醒目，但在海子的观念中，意象必须和生存情绪联系在一起，才会释放出生气。从诗歌想象力的角度看，海子的写作将诗的表达和生命的秘密联系起来，这可以说是当代诗歌的一次审美方向上的重大调整。海子是一个有远大诗歌抱负的诗人，但相对于他的抱负，他极度缺乏耐心。按说，一个如此缺乏耐心的诗人，特别是缺乏对语言的耐心的诗人，是很难成为大诗人的。但海子还算有运气，虽然缺乏耐心，但他有很好的领悟力。而这种领悟力又很好地维系了他对诗的书写的审美狂热——一种热爱和冲动的混合。在新诗史上,我们对现代诗人的原型设计,是要求诗人冷静、节制。诗人的狂热,诗的狂热,一直是备受排斥的东西。但海子还是从他对诗的狂热中,生成出了一种语言的直觉。

海子身处那个年代,诗的时尚是西方的现代主义。人们想得最多的就是:新诗应该怎么表达现代主义,新诗应该怎么承担历史,新诗应该怎么代表真理。而海子想的是怎么将诗的表达和生命情绪联系在一起,怎么将诗的节奏融入生命的律动。海子受欢迎的过程,固然可以理解为海子的诗从小圈子走向大众。但我其实不太愿意这么看。我觉得,还是海子的诗在揭示生命的秘密感受方面,触动了人们对生存的体验,所以才会引发广泛的共鸣。海子是以命写诗,以命抵诗。也就是说,海子通过发明诗的真实,来激活我们对存在的自我觉悟。说起来,有点吊诡。海子的诗歌审美在本意上不太信任历史,但他的诗歌却更像是针对历史的。海子渴望用诗扭转我们对历史的迷信。正是在此意义上,海子要求诗是一种生命的行动。

长久以来,我一直有一种感觉。表面上,海子似乎很在意诗人身份。比如,作为诗人,他非常敏感别人对他的评议。但另一方面,海子更在意的,是如何将诗人类型化,甚至将诗人作为应付我们这个世界的一种器械。我们不妨想想,为什么海子的诗中会有那么多的“斧子”的意象。

题不是是否经得住口语的诱惑,而是必须经历这种口语的诱惑。在新诗的语境里,口语就像诗歌语言的润滑剂。我觉得我们必须要过语言的口语化这一关。但同时,我也觉得我们必须认识到,对诗歌语言来说,口语只是诗的语言的一种特殊的效果。对有些诗歌题材来说,比如那些涉及公共意象的题材,用口语的方式,会让诗歌获得一种尖锐的直接性。另外,现代诗的语言看重诗的戏剧性,而这种语言的戏剧性也是口语所擅长的。但是,经历了口语的诱惑之后,我们还应省悟到诗的语言本身也有比这种诱惑更高级的东西。我个人很喜欢我写诗的时候,口语跑来诱惑我。

新诗写作中的私人用语

另一个要解决的问题,就是如何协调私人用语和公共语言之间的失调。现代诗的一个重要的成就就是,让私人领域中的个人用语变成了一种文学语言。但对私人语言的过度使用,也会让诗歌语言流于狭隘和隐晦。我认为大诗人的一个标志就是知道如何在诗歌写作中自觉地吸纳公共语言的成就。换句话说,在今天写诗,我们必须对现代汉语的总体语境有一种深刻的敏感。假如存在有关于诗歌语言的本质的认定的话,那么,对我而言,富于当代敏感的诗歌语言必须在散文化的语境中寻找诗的本质。朱自清在 20 世纪 40 年代,就曾睿智地指出,新诗的语言应该走散文化的道路。但是,很不幸,从那个时代直到今天,流行的文学观念一直没能领悟有关诗歌的散文化的巨大秘密。流行的看法是，散文化是新诗的大忌。而我要申明的，则恰恰相反：散文化是新诗的大计，是新诗在其语言实践中必须经历的审美洗礼。从新诗写作的角度讲，没有对诗歌的“散文美”的领悟，也就没有对诗歌语言的新的突破。也可以明确地讲，新诗写作在诗歌语言上的唯一的合法性（或说主要依据），就是建立在诗歌的散文化的基础之上的。

还有一个层面，就是叶芝提到过的，如何协调私人象征和神话象征之间的关系的问题。在古典时代，衡量一个诗人的成就，主要看一个诗人对神话象征或公共象征的领悟的程度。而在现代诗的写作史中，这种衡量尺度发生了很大的变化，如叶芝感到的，现代诗人必须在其诗歌写作中去创建自己的个人象征。这种感觉，用美国诗人史蒂文斯的话说，就是用内在的语言暴力去抵御外在的语言暴力。也就是说，如何使我们使用的诗歌语言葆有一种纯洁的能力，对每个真正的诗人来说，都是至关重要的。作为一个当代诗人，我很可能比其他的诗人更关心诗歌语言的自我纯洁的能力。人们经常认为我喜欢搞纯诗，这其实是一个误解。诗歌的语言必须在存在中显示出一种反抗意蕴。而且我认为这种反抗性不能流于反讽。在 20 世纪的最后二十年，当代诗歌在语言上太喜欢从反讽措辞中汲取力量，我觉得，这是一种给当代诗歌带来极大损害的选择。新批评曾断言，诗的语言是反讽的语言。这也许适合判断西方的诗歌。但我现在的想法是，诗歌的语言必须摆脱对反讽的迷信。如果硬要和反讽扯上联系，那么，诗的语言是关于反讽的反讽。

诗的音乐性如何成为一个有益的问题

我们的诗歌史及其相关的诗歌批评，在诗歌语言方面所传布的观念，多半是成问题的。比如，认为诗的语言要讲音乐性。比如，认为诗的语言要有韵味。泛泛而论，这些论调似乎都没有大错。但这些论调都缺少对所讨论的问题的限度的自觉，也就是说，它们没有对其论述的自明性做出足够的反省。诗的语言当然要讲音乐性，但是，这是讲古典诗歌的音乐性呢，还是讲现代语言的音乐性？抑或，这或许不过是讲我们自己对诗的音乐性的一种专横的阅读期待？我经常看到人们在我们的新诗史上做这样的事情：就是对蓝调讲肖邦是怎么音乐性的。这已经不是牛头不对马嘴的问题了。

诗的开放性和新诗的语言

最近我曾在诗生活的网上论坛表述过一个观点，就是，诗歌不应该去焦虑如何区别自身和其他的文类。诗在语言上的自信来源于诗对原型经验和神话思维的回应能力。严格地说，诗的语言没有什么本质。诗的语言只是对特殊的风格的选择。所有关于诗的语言的本质的种种说辞，都不过是盲人摸象。当然，我的意思并非是说，这些盲人摸象就没有可取之处。比如，如果我们真想从本质主义的角度去寻绎诗的语言的特征的话，那么，我认为，诗的语言最突出的特征是：诗是一种神圣的语言；或者说，诗是一种显示出存在的高贵气质的语言；还可以说，诗是一种骄傲的语言。而其他的文类诸如小说、散文和戏剧，在我看来，都不具有这些特征。

自新诗诞生以来，一直存在着一种关于诗歌文体上的焦虑。朱光潜在《诗论》中曾想解决这一焦虑。有的地方，他说得不错。比如，他认为，无论我们如何信奉诗的语言的本质，都不该忘记，诗歌的语言必须回应时代对它的期待。诗的语言是由我们对语言的无限的使用来自我完成的。我们必须把它的问题交给实践来解决。从我个人的观察看，在新诗的语境中，我们太关注诗应该如何区别于小说或散文，结果把诗的本质想象成了一种音乐性的替代品。从写作的角度看，诗的语言，在本质上是一种大师现象。也就是说，诗的语言是一种大师的语言。这里，“大师”可以指特定时代的某个天才的诗人，也可以指一种独特的文学能力。

从新诗历史的角度看，我觉得，我们在区分诗和散文的问题上浪费的时间太多了。这样的区分，永远解决不了对诗歌语言的本质的认知。其实，问题的解决可以是简单的。诗歌的语言的本质是由诗歌的写作实践来决定的。所以，我现在基本上认同的是，诗的语言是一种大师的行为。

在古典写作类型中，从风格的标记上看，诗的语言可能和小说或散文有很大的不同。那时，诗的语言偏于典雅、优美、有感染力。但在现代写作类型中，诗的语言和小说的语言没有多少本质上的差别。或者，即便存在着我们可以从批评上能够讨论清楚的区别，我们也应该有勇气想象这样的差别不是本质意义上的。20 世纪 40 年代，沈从文、朱自清都曾倡导诗的语言小说化。我认为，他们的感受在某种意义上代表了诗的语言对其现代性的一种自觉。

语感如何重要

其实，“语感”在所有文类的写作中，都很重要。没有好的语感，再好的素材也无法得到独特的表现。不过，诗歌对语感的依赖又有自己特殊的一面。特别是抒情诗。在很多时候，语感变成了一种出奇制胜的手段。原因就在于，独特的语感可以给常见的题材或素材带来一种奇异的陌生化的效果。比如，同样是写月亮，如果自觉有语感，我们就有可能写出一些很漂亮的短诗。不过，在我看来，语感终归只是一种风格意识的产物。而且，在当代汉语的写作中，语感很容易流于一种语言的聪明。诗歌傻瓜玩不了语感。同样，一个诗人假如只知道玩语感，也没什么大的出息。注重语感，确实可以让一些短诗写得很漂亮，但这种漂亮，不过是对诗歌的青春期写作的一种自我补偿罢了。写诗应该注重语感，作为一种常识，或者作为一个秘诀，怎么强调似乎都不算过分。但同时也必须明白，现代诗的写作是一种综合性的书写，它不再是简单的情感或情绪的抒发；仅仅凭语感，也许可以对付一些体制短小的抒情诗，但却无法驾驭并统合更复杂的诗歌经验。诗和语感的关联存在着一个修辞的趋向性，就是语感更像是一种修辞的自我过滤装置，试图对复杂的诗歌经验进行漂亮的音韵处理。

如果题材合适，又碰巧诗人的天赋很高，也确实能对付很多日常感受，并顺手写出一批才气四溢的作品。但是，现代诗的任务并不止于仅仅是对日常感受进行语感的简化，它的文学目标是要将我们的生存经验引向更强悍的自我塑造。

其实，中国古代诗人也很重视语感。从诗的体式上看，诗的句法从五言扩展到七言，原因固然很多，但其中最重要的一个标记，恐怕不是如人们想当然的，而是出于容纳更多的意义的需要，是出于一种语感的欲求。

语言如何情感

作为一种表达，语言肯定会染上很深的情感的印记。诗的语言和诗的情感的关系，在流行的诗学中仿佛是天然的，甚至天然并密切到不言自明的一种关系。其实，语言的故事，包括语言和情感的故事，从未如此简单过。语言能非常有效地传达许多人类的情感，但是，这并不意味着我们就可以妄断诗的语言是以表达情感为己任的。

我也不太认同"情感的极限"的说法。在生活中，也许有情感的极限。但在诗歌写作中，我想除了对某些浪漫主义的诗歌的误读之外，根本就没有什么情感的极限。假如有，那一定是诗歌中的恐怖电影。其次，我不能认同将"情感表述语言"作为诗的表达的一个目标。在诗歌写作中，我们永远都不该忘记，语言既是一种手段、一种过程，也是一种目的、一种绝对的自我存在。我自己很少遭遇用语言无法表述情感的问题。这类问题通常容易出现在爱情诗中,但在我写的爱情诗中,似乎所有我想表达的东西都已经呈现在语言的组织中了。我很少会有遗憾。倒是在写自然诗的时候,有时我想表达一番我自己对祖国的风花雪月的特殊的情感,却总被种种流行的语言俗套拖到死胡同中。

在表述情感上的挫败感,是二流诗歌经常会遇到的问题。对二流诗歌来说,似乎曾有个完美的情感存在于诗人的头脑中,但我们的语言却还没有达到与之相称的完美程度,以至于无法传达出诗人内心的完美的情感感受。这或许是流行的诗歌观念史教给我们的东西。但是,这种东西,既是对语言的能力的误解,也是对情感的误解。从诗歌史上的实例看,其实,恰恰是语言成就了伟大的情感,或是情感的完美。

诗的难度

诗歌的写作在本质上是一种大师现象。诗歌的语言在本质上也是一种大师现象。关于诗歌的技艺,其实也是关于诗歌的记忆。这种记忆就是由大师的写作确定的。大师的写作确立了标准。比如,莎士比亚就为英语诗歌确定了一种标准。布莱克的诗歌为英语诗歌确立了一种难度,这种既关涉到诗歌的想象力,也牵连到诗的结构。关于是否有难度,这个问题在诗歌写作中辨认起来并不复杂。没有结构的诗,通常就是没有难度的诗。但是,我反对用所谓难度来鉴别诗歌的好与坏。好的诗,也可能写得很单纯。

就新诗写作而言，卞之琳为用现代汉语写出的诗歌确立了一种技艺和难度。在某种意义上，《断章》的难度是相当惊人的，《距离的组织》的技艺也是一流的。人们总喜欢说新诗的语言不成熟，这绝对是胡扯。卞之琳的诗歌语言不成熟吗？穆旦在《诗八首》中运用的语言不成熟吗？冯至在《十四行诗》中运用的语言不成熟吗？

假如在有了近百年的新诗实践之后，还真的存有所谓新诗语言不成熟这回事，那么，我要为此开一瓶红酒。从诗歌语言实践的角度看，用所谓成熟的诗歌语言，我们干不了什么大事。相反，我们用不成熟的诗歌语言反而能干出点大事。伟大的诗都是由不成熟的语言写出的。比如，但丁写《神曲》时，他使用的俗语相对于拉丁语的标准来说，也是不成熟的。惠特曼写《草叶集》时，美国的诗歌语言相对于英语诗歌来说，也是极其不成熟的。

庞德曾将诗的技艺和诗的诚实联系起来看待，我认为，这绝对是一种先知的感觉。因为在诗歌写作中，锤炼诗的技艺，就是在培养诗的道德感。一个没有显示技艺的诗人，必然是一个在诗歌的道德上粗俗不堪的家伙。对诗的技艺的任何一种轻蔑，都是无知的表现。

在诗歌中，语言的难度要看我们怎样讨论它。比如说，策兰的诗歌语言，从写作技艺的角度看，似乎也没什么难度。但对于诗歌阅读，它却显示了一种诗歌的难度。这种难度表明了诗人的经验和我们的经验之间的疏离。另外，如果一个诗人要去处理类似艾略特的《荒原》中的那些主题的话，他会在综合地运用语言方面遇到语言的难度。因为相对于比较复杂的诗歌主题，我们要在诗歌结构上协调好不同风格层面的语言效果，确实需要足够的专注和充足的精力。此外，语言的难度也常常意味着诗人对诗的文体是否敏感。比如，假如要艾青那样的诗人，去写下之琳的《断章》那样的诗，对艾青来说是面临语言的难度的。这不是说艾青缺少语言能力，而是说他的语言能力从未适应过《断章》那样的文体。

诗歌如何意象

台湾的现代诗确实为现代汉诗的写作提供了一份独特而珍贵的经验。但是认为它比大陆的现代诗“在语言表述的音乐性和意象的运用上”更成熟，这种观点恐怕失之于偏颇。首先，能够作为诗歌写作的音乐性的共识的基础，就子虚乌有。其次，意象的运用是否成熟，也不可以作为评判诗歌的总体尺度来使用。我从来都反对把意象看成是诗的本质的观点。对当代诗的写作而言，我认为，恰恰是对意象诗的迷恋窒息了台湾诗歌的活力。意象诗，也差点误导了大陆的当代诗歌。所以，我觉得，海子在 20 世纪 80 年代中期的觉悟是很重要的。海子说，我们必须反对对意象的迷恋。围绕意象打转转，太没出息了。想想看，北岛的诗写到 20 世纪 90 年代，几乎被对意象的极度自恋扭曲了。

诗歌的音乐性，说到底，仍然是一种诗歌能力的问题。在某些方面，我觉得很多台湾诗人做得确实很出色。比如，他们的视野很开阔，对世界潮流的感受也很快。在应对形式的焦虑上招式也很多。对语言的实验性有积极的热情。不过，从具体作品上看，大陆诗人做得也同样出色。

我们当然有自己的传统，而且，这一传统很可能和台湾的现代诗是相通的。在某种意义上，我们都来源于卞之琳，来源于艾青，来源于穆旦。而且，在诗歌写作上，我不主张迷信“相对成熟的传统”。诗歌的传统，在我看来，就是一种大师现象。比如，作为一个大诗人，卞之琳就是我们的传统。

我们的新诗传统，从历时性的角度看，也许不如古典传统辉煌。但看待这种比较，最好有点文学幽默感。比如，从基本面讲吧，文学史上给唐诗的时间，有三百多年。我们才不到一百年，急什么呢？文学上的事，不是选对了路，就能成大事的。要论辉煌，总得给新诗一点时间吧，这才对得起辉煌的公平。不过，在我看来，我们的新诗传统，从共时性的角度看，却是一个非常难得的诗歌传统。它是一个依然在不断开放的传统，在这个诗歌传统的空间里，接纳了古典和现代的对立，也承受着本土和西方的对立，它依然存在着将这些对立融合成新的语言活力的巨大的能量。新诗传统也许看上去很薄，但这种薄，恰恰也是新诗的巨大的机遇。很多诗歌传统想找到这种薄，历史还不给它们机会呢。所以，完全没必要妄自菲薄新诗传统的单薄。说句不好听的话，有些诗人总想反思出一个很厚的新诗传统，要是真给他们一个很厚的传统，他们未必就玩得转。到那时，他们马上又会哀叹传统的“沉重的翅膀”。

我的观点其实很朴素，与其等着我们反思出一个很厚的新诗传统，不如自力更生，先动手去做。传统是热爱实践的。

新诗和旧诗的区别

废名曾说，新诗与旧诗的区别在于：旧诗是诗的形式散文的内容，而新诗是散文的形式诗的内容。这个说法，有它很简单的一面，比如从辩驳的角度讲，这种区分显示的只是一种诗歌的立场。而且，废名说，旧诗的内容是散文的内容。这是悟性太高的禅家的诳语，不可太当真。如果单从对错去考究废名的话，那么，很显然，他对旧诗的判断大致是错的。但也没错得太离谱。比如，从解释学的角度看，由于古代诗人的经验和现代人的生存感受已有了很大的区别，所以，要想还原古典诗人对世界的感受，我们只得依赖将它们的诗歌转化成散文的内容。另一方面，以废名对古典诗的修养而论，这种错，显然是批评策略上的一种卖破绽，是为了讲出更重要的话而设计的。换句话说，废名在旧诗和新诗之间构筑的这种思辨关联，也有非常深奥的、富于启发性的一面。在这个说法中，最核心的部分是，用"散文的形式"也能写出诗的内容。它意在破除我们的传统诗学中关于诗歌语言的训诫，即诗的内容只可由诗的形式来表达。

在废名看来，那种认为用诗的形式就一定是在表现诗的内容的观念，并不是完全可靠的。这一区分最了不起的地方，就在于废名凭着他的文学直觉，看出了使用"散文的形式"对于新诗写作的巨大的意义。废名也许不熟悉华兹华斯对诗歌和日常语言之间的关系的论断，也可能不知道艾略特对现代诗与日常语言的关系的阐释，他更不可能听说过维特根斯坦对日常语言的讨论，但是，凭着对语言的形式敏感，他还是从写作类型上敏锐地把握到了散文的形式对现代诗的关键作用。

从新诗的观念史的角度看，从胡适开始，新诗的主要目标之一就是现代口语恢复汉语的活力。废名的判断中，至少包含了这样的想法，只有彻底地使用散文，才能有效地确立和维护新诗写作的合法性。这绝对有先见之明。

我们其实应该说新诗和古诗的区别，而不是新诗和旧诗的区别。“旧诗”的概念，带有文学的歧视性。田晓菲说得很对，新诗和古诗的主要区别就在于对表达方式和审美原则的不同选择上，当然，也有世界观上的差异。生存的环境变了，现代人和古代人的时间感不会一样，他们的价值观念也不会一样，他们的生活节奏更不一样，这些都会影响到对诗歌形式的选择。让一个现代诗人依然用古诗的形式去表达他对人生和世界的感受，这是逼他去自杀。同时，也是对我们自身的诗歌机遇的谋杀。其实，早在唐代诗人那里，古代诗人就已经意识到了这样的形式观念，即每个时代都应该有自己的诗歌形式。每个时代的诗歌形式都是有变化的，不一样的。从古诗到现代诗的形式过渡，变化确实有点大。但也没有超越诗歌语言自身的演化的逻辑。从诗歌现代性的角度看，现代诗写作的一个原点是对日常语言的运用，这就会导致新诗和古诗在语言面貌上的重大差异。我前面也讲过，没有对诗的散文能力的领悟，也就没有新诗的写作。

其实，问题还可以这样看，从文体发展的角度看，散文的形式也是从诗的形式衍生出来的。这也就是说，就语言的表达而言，诗的语言和散文的语言没有什么本质的差别。既然在文学的历史上，散文可以出自诗歌，并且在表达上获得了它的文体的独立性，那么，作为一种写作的类型，用散文的语言写诗，当然会有其自身的文体机遇。归根结底，用散文的语言写诗，还在于它是我们和现代世界建立起联系的一种方式。这是它的合法性的基础。

“感时花溅泪，恨别鸟惊心”，毫无疑问是诗的语言，用散文的语言去复述它，当然会显出散文的语言的笨拙。但像这样的例子并不说明诗的语言和散文的语言就有本质的区别。或者，诗的语言就高于散文的语言。莎士比亚的戏剧用的是诗的语言，但如果我们用格律体的诗歌语言去复述它们，同样也会显得笨拙。鲁迅的小说，用古典诗范式中的诗的语言去表达，也会显得笨拙异常。对诗歌语言来说，那也是不可能的任务。

维特根斯坦曾说，语言的边界就是世界的边界。这句名言也可以帮助我们反思新诗对散文的语言的运用。现代人使用现代汉语，这是一种基本的文学事实。现代汉语就变成了我们作为现代人的思维的一部分。也就是说，散文的语言，已渗透为我们作为现代人的经验的一部分。散文的语言已是我们感受存在和世界的基本方式。它已是我们的思想之血。从这个意义上讲,我们的新诗对散文的语言的使用不存在背叛古典诗的问题。相反,如果我们不用散文的语言去写诗,那倒是跟我们的生存方式对着干。不仅是对着干,它也意味着对语言的现代性的麻木。这是极个别文化大师才能玩出花样的项目。他们玩得再好,至多会起到一种文化标本的作用。要讲诗歌写作和语言的大势之间的关联,我们的诗歌写作还得回到用散文的语言上来。

再举一个例子吧。我可以想象维特根斯坦是李商隐,也可以想象惠特曼是李白,但是,在写《草叶集》时,惠特曼身上的李白,也绝对不会同意用格律体来写的。原因何在?语言的范围也是经验的范围,语言的方式也是经验的方式。面对不同的感受,必须找到不同的语言的方式。从这个意义上看,现代诗只是一种不同于古典诗的语言方式而已,而且,它有着不同于古典诗的经验的范围。

新诗和格律化

我曾在《新诗的百年孤独》中表达过这样的意思,对于我们的新诗写作,我们必须要褪去"格律的避孕套"。新诗的写作一直存在着对失去格律的恐惧,这差不多已变成新诗的文学潜意识了。但是,格律不是新诗的原罪。没有格律,我们照样能写出好诗。格律也不是诗歌的形式的唯一的展示手段。

特别地，从诗歌对其形式意志的自我实践的角度看，格律更不是一种必然的东西。另外，从诗歌的组织学上看，作为一种结构现象，格律也可以有很多变体。但在新诗的语境中，我们总把格律对于诗歌写作的影响看得太过狭隘。

从诗歌写作的角度讲，我不赞成把格律作为一个总体原则来追求。这方面，我们的教训太惨痛了。新月派的诗人把他们那么出色的才能都浪费在对所谓新格律的探索上。结果如何呢？他们的结局恐怕连失败都算不上，只是一种才能的浪费。以闻一多为例，闻一多的诗歌才能可以说是新诗史上最高的。他的语感很好，结构感也很好，对语言的色彩感受也很敏锐，但他却固执地想为新诗的结构制定出一套新的格律秩序。结果当然是失败。这种失败不是说新格律诗的实践中就没有好的作品，而是在总体上，它崩溃于文化的自我厌烦。

诗的责任之一，就是发明形式。因为没有新的形式，就没有我们对生命的新的感受，也就没有我们对世界的新的理解。在诗歌中，形式意志是不以我们的诗歌趣味为转移的。它是诗歌得以在我们的生命里发生的最根本的冲动。

在某些时代，诗歌对形式的发明特别迫切，面临的任务也特别繁重。从新诗到当代诗，发明诗歌形式的责任依然是重大的。但在这形式的发明中，有一点，我觉得必须明确，我们一定要破除对格律的迷信。从原则上讲，格律已经死了，但这并不意味着音乐性在现代诗的写作中的消亡或缺失。而是说，我们需要在我们的诗歌写作中另辟追求诗的音乐性的途径。在使用现代汉语时，我们还有很多的机遇去把握诗的节奏。只要有对节奏和语感的领悟，我们就会发明出新的诗的形式。

诗的游戏性

诗歌是语言，但在某种程度上又抵制语言。也就是说，诗歌在本质上总想着要重新发明语言。我曾听到一些批评，说我的诗只喜欢与语言捉迷藏。好像我特别热衷某种语言的游戏特征。其实，不是的。语言的游戏性，是一种非常迷人的天赐之物，甚至可以说，这种游戏性具有伟大的底蕴。而它完全不是一般人所贬低的那副样子。我很尊重它。但在诗歌中，我关注的核心目标仍然是语言与审美的关系。对我来说，语言是一种感官。也就是说，我希望能在自己发挥得比较好的时候，语言会成为我感知世界的一种内在的能力。而且，我确实不认为这仅仅是一个观点问题。我相信很多诗人都可以体验到这种情形。

写诗的过程中，最美妙的体验涉及一个诗人能在多大程度上体会到生命情绪的释放。诗人的思绪进入到一种自如的联想状态。而我相信这样的状态，是诗的主题的一个重要的组成部分。如果分节的话，可能会显得生硬。说到语言的惯性，我不知道你是如何理解它的。不过，在我心里，我会特别警惕像“语言的惯性”这样的东西，因为它会导致一种表面的流畅。我认为现代诗歌的目标之一，就是要抵制这样的流畅或顺畅，这是一种肤浅的结构现象。我的意思不是说，要把诗歌写得皱皱巴巴的，现代诗歌完全可以写得充满光泽和温润。相比之下，我更喜欢罗兰·巴特所论及的一个类似的情形：在语言中自如地滑翔。不过，“滑翔”太难了。大多数时候，能达到“滑动”的境界，就相当不错了。

诗的写作应善于激发并利用语言的诗意惯性。每个诗人都应该在他的写作中自觉追求语言的滑翔状态。比如，在现实生活中，一个诗人可以喜欢像火烈鸟、大雁、苍鹰等飞禽。它们的滑翔状态非常令人着迷，你分不清什么是天生的本能，什么是后天习得的技艺。我猜想，特别是从体验的角度看，我们在诗歌中领略到许多的语言境界都与之相似。

诗的大与小

卞之琳曾表白过，他是这样一种诗人：大处茫然，小处敏感。这大约是新诗史上含义最暧昧的涉及现代诗人的原型的自我表述了。大处是什么意思呢？诗人和时代的关系、题材和重大历史事件的关系、全景的诗歌视角，大约都可以包含在其中。宏大的想象力、诗人的英雄主义情结、先知身份的自我认定、乌托邦冲动、激情的社会化、大词的癖好、真理的诗歌代言人等，也是重要的指标。小处是什么意思呢？按流行的新诗文化的说法，小处的含义指的是个人的感受、私我的体会、自我表现。至于日常经验，严格限定于亲眼所见的诗歌视点，人生的细节、修辞的具体性等算不算，还没有明确的定论。另一个问题，和诗人的想象力有关的“小中见大”，算哪一边，仿佛可以智者见智。由此，大致可以明白，在新诗的历史情境中，偏向于“小处敏感”的诗人，实际上是被认为有文学原罪的。意思就是，一个诗人如果坚持从“小处”着眼，不管他有多么充分的理由，在流行的现代文学的标准中，都是欠着历史的道德之债的。

毋庸讳言，我是一个比较关注“小”事物的诗人。我不知道我能否澄清我的立场，但不妨尝试一下吧。第一，我对现代以来的“宏大”叙事有疏远感。特别是回顾中国现代历史的时候，这种疏远感会很强烈。“宏大”叙事，原本起源于探索人与世界的超验特征的关系。但在现代，它越来越沦为一种粗暴的政治技术。第二，在新诗历史上，凡是偏于“大”的想象力的诗歌，最后都堕落为一种空洞的叫嚣与虚假。反而像卞之琳这样专注于“小”的诗人，最后反倒是给我们留下了一笔真实的遗产。但卞之琳却没能给诗歌中的“小”一个恰当的解释。在写《雕虫纪历》的序言时，对于诗歌中的“小”，卞之琳多少有点显得心虚。这里面既有当时的社会情势方面的原因，也有他自身的诗歌观念问题。第三，其实，在中国古典审美中，“小”和“大”的关系非常丰富。并且，不像西方审美那样，由于受基督教的影响，强烈地贬低“小”。在这方面，我能感到20世纪90年代以后，我确实也在有意追寻中国古典审美中优异的那一面，小中见大。尤其是从更新当代诗歌的措辞系统上说，专注于“小”，可以避免许多大而无当。我一直认为，新诗的措辞风格，在总体上面临着一次更新。对此，我感受甚至相当迫切。旧的措辞太偏重于情绪，而且大多数情形中，还是一种被动的情绪。它典型地反映在这样的观念中：现实压抑了诗人，所以诗人要反抗，或做出某种反应。我并不太认同这样的反抗神化。我的想法是，如果这样的话，诗人就总是会处在一种被动的位置上，诗歌的想象力就会作茧自缚。有些敏感的诗人当然也会对这样的状况感到不舒服，所以，他不得不制造表面上很极端的情绪来掩饰自己的不舒服。敬文东说的没有错，我对新诗以往的措辞方式确实有些厌烦。但我的工作，还主要不是想破坏什么，而是说，新诗有很多诗歌的可能性还未被发掘出来，我只是对此比较敏感而已。或许，这也是我们这一代诗人做的一点事情。

说到选用词语的偏好。我的感觉是，那主要依赖于一个诗人和风格之间的协调能力。有相当长的一段时间，诗歌的风格，对我来说，是一种从战术上要重视它、从战略上要藐视它的东西。但也不一定。在写作的过程中，我对风格的感觉会经常变化，有时甚至是自相矛盾的。有一段时间，对语言效果的考量常常会左右我对词语的选用。比如，如果想达到白描的效果，我会把形容词视为语言的毒药，尽量回避它们。古典诗歌写作的训谕是，用一个词寻找诗眼。而20世纪80年代，写漂亮而又扎眼的句子，成为当代诗歌的口头禅。我现在的感觉是，最好让诗意产生在句子与句子之间，而不是仅仅停留在词和词之间。准确、新奇、硬朗、绵延、优美、轻逸，大致可以归入我在遣词造句时追求的东西。一个更明确的原则是：我从来都有意识地要求我的诗歌语言“不自然”。我不知道为什么会有那么多的外行渴望诗歌或诗歌的语言“自然”。

诗和灵感

对诗歌而言，灵感意味着很多东西。就诗人和他关注的诗歌对象而言，灵感意味着想象力的无所不能，或一种融会贯通的亢奋状态。而就诗歌写作的特殊性而言，灵感还特别意味着一种从容而奇异的技艺。这一点可以从法国诗人马拉美和画家德加的一次经典对话中找到有趣的证据。德加问马拉美：“我有很多思想，但为什么我写不了诗？”马拉美回答说：“亲爱的德加，诗并不是用思想来写的，诗是用语言来写的。”换句话说，正如绘画一样，诗歌的特性也是由在使用语言的过程中所触及的某种特殊的行为来完成的。在这种由语言来完成的过程中，存在着非常多的“灵感”现象。

在我的诗歌写作中，我能强烈地意识到“灵感”的存在，但我认为，或者说我这样理解诗歌——诗歌是一种写作行为，特别是对生活在现代的人而言。诗歌不再是一种灵感现象。在古典写作中，诗歌曾被西方经典诠释为一种灵感现象。比如，柏拉图就是这样理解诗歌的。也就是说，诗歌最有创造力的部分是由神灵附体来实现的，诗人不过是一种听命的工具。在这样的理解诗歌的方式中，还放置了诗人是神的代言人的观念。这些都令我感到不快，虽然我能理解产生它们的文化渊源和历史背景。我开始写诗时，受瓦雷里影响很大。即使在今天，在我看来，瓦雷里也是少数几个能彻底摆脱文化身份来思索诗歌为何物的“智者”之一。瓦雷里的想法是，在现代的情景下写诗，必须与把诗歌视为灵感的传统观念做斗争。换句话说，诗歌是一种灵感，但这已属于空洞的常识；根本无法反映出现代诗人对诗歌的新的思考。

我在大学教书，的确和许多“年轻的诗人”交往密切。我不是一个封闭的人，我对新事物有强烈的好奇心。我也花很多时间阅读他们写的东西。有些人的确会给我带来惊喜。或者，把这些惊喜称为“启发”也不为过。同时，我也努力让我的诗歌写作保持某种“年轻”的成分。但对现代汉诗中的“青春写作”，我一直有抵触。这里面有太多的“矫情”。新诗近百年的历史中，有很多诗歌都不过是向社会撒娇，向历史撒娇，向现实撒娇，向常识撒娇。这种撒娇甚至连媚俗都算不上，却让很多诗人沾沾自喜。因为这些矫情的东西会以虚假的成功来满足艺术创造中的卑劣和自卑。其实，从诗歌的起源看，诗，从来就不是什么“青春”的东西，而是以“成年”或“晚年”的眼光来解释世界的一种语言行为。所以，对那些叫嚣什么“诗是青年人的事业”的说法，我从来都抱以轻蔑的态度。当然，我不反对我们对诗歌的热爱可以从很年轻的时候开始。我的意思，当我们开始写诗，开始阅读诗歌时，就要学会忘记自己的年龄。因为和诗歌的伟大相比，年龄实在算不了什么。

新诗和句法更新

新诗的实践中最突出的一个书写标记就是从格律体转变到自由体。如何解释这种转变，新诗批评史上，人们做过很多努力，但大部分理论阐释，都局限于从诗的形式上入手。基本上是忙于见招拆招。其实，从文学动机上看，这种转变更深层次的动因在于语言表达的自我冲动。诗的自由体，表面上，是一种诗的体式现象，但从它释放的表达功效来看，它其实是一种诗的句法现象。句法的成形，最根本的原因还是在于诗的想象力发生了结构性的变化。

诗歌的好坏并不仅仅是由句法来决定的。尽管如此，新奇的句法在诗歌的写作中仍是至关重要的。不是每一代诗人都面临着更新诗歌句法的任务，只是我觉得，我们这一代诗人中的一部分诗人对此有强烈的自觉，并且他们也的确有很多事情可做。因为中国古诗的句法已囿于烂熟的程式，新诗的句法其实有日趋僵化的问题。所以，回到诗和表达的关系，我们面临着最紧迫的任务，依然是要加快更新我们的诗歌句法。

诗人的听力和诗的细节

在诗歌写作中，最迷人的事件就是一个诗人对待语言的态度是经常变化的。有时，一个诗人会觉得他是语言的仆人；有时，他又会觉得他是语言的皇帝。写诗的过程中，确实有介于主观性和意志之间的某种东西在起作用。就好像，在写一首诗的时候，诗人的语言观念发生某种突变，语言在诗人的手中突然细若丝线，特定的对应于个人记忆的句式会反复出现。它在诗人听力中引发了新的回音空间。记忆被还原成情感的回旋。一种感怀，如同酝酿般，在诗人的心头回转，它的方式非常接近一种旋律。词语反转为语词，语词又带动词语，它们之间的关联，不仅仅是纯声韵方面的，更是意义上的流转往复。

诗人批评家

有趣的是，问题必须因人而异。以我的经验，在从事诗歌批评的时候，我很少想到批评的学科性质。批评可以是一项学术活动，也可以是一种纯粹的写作，还可以是充满灵感的审美过程。在更为特殊的文学情境中，诗歌批评也可以是一种开放的自我对话。在诗歌和批评之间可能发生的多重关系里，我更倾向于把诗歌批评理解为一种写作，它的目标是致力于完成一种源于它自身的文学性。诗歌批评最主要的特性，在我看来，是它具有侦探小说一样的耐心。此刻，我脑海里闪现的最佳的侦探小说的范例是比利时小说家西默农的作品。说到复杂，我想人们经常忘记的一件事情是：没有什么比简单更复杂。我有能力从事复杂的批评活动，但对于诗歌，我想它最需要的批评还是有同情心的批评，它有几个简单的立场：细致、耐心、恰当。在很多时候，恰当（或说准确）比深刻更说明问题。

说到诗歌批评家，我不认为好的诗歌批评家一定出自于写作诗歌的人。事实上，很多出色的诗歌批评都是由专家写出的。这也让我想到艾略特的一个说法，诗歌的读者（在原型意义上，这是我加上去的一个限定短语）应该是一个“理想的读者”。也就是说，从事诗歌批评的最优资质是“理想的读者”。要写出真正有见地的诗歌批评，只要成为诗歌的“理想的读者”就可以了，不一定非要成为诗人。很多时候，诗人不一定是“理想的读者”，甚至不是他自己的诗歌的“理想的读者”。所以，我觉得在这方面，偏见应该越少越好。我们这代诗人的写作情况比较特殊，从我们在20世纪80年代开始写诗起，就面临着一边写诗，一边对诗歌进行批评的活动。时间一长，诗歌的创作和批评的写作似乎显现出了某种同一性。就个别的例子而言，批评和诗歌似乎可以挤身（注意，不是跻身）于同一种写作类型之中，并且还能做到相辅相成。但我希望所有这些，最好都只当成特例来看待。就我自己而言，我确实很早就努力成为一个诗人批评家，即站在诗歌的立场来从事诗歌批评。骨子里，我还是属于想写“为诗一辩”的那种诗人。从20世纪80年代开始，波德莱尔、瓦雷里、约翰逊博士、艾略特是我钦佩的人物。这种钦佩之情直到今天也没有减弱。20世纪90年代以后，兰德尔·贾雷尔、伊夫·博纳富瓦、布莱克默、西默斯·西尼，是新增加的激起我从事诗歌批评热情的人物。当诗歌批评开始的时候，在某种意义上，诗歌也开始了它寻找意义的过程，或说形成意义的过程。我努力克服任何先入为主的价值判断。我的诗歌胃口很好，基本上不受我自身的趣味的影响。具体到批评的写作，我的立场如同我在《在本世纪解决》那首诗中申明的——“严格的品尝，但是不严格的评判”。也就是说，我很少从标准和价值出发来从事诗歌批评（如果从事小说批评或文化批评，我倒是更愿意坚持一些明确的东西），我更愿意从文本的具体出发。多些同情和耐心，少点自以为是。如果说有价值倾向的话，我的批评中愿意显露的唯一的价值倾向也是关注诗歌的高贵。这也涉及诗歌写作的性质。当代诗歌的舆论喜欢营造什么反贵族的时代氛围，而我的立场也从未含糊过：每一个真正的诗人身上都寓居着一位贵族。只要我们写的是我们愿意称之为诗歌的东西，那么，写到一定程度之后，每个自觉的真正的诗人都会发现他自己身上的贵族。当然，他不一定要以贵族的口吻来说话。但是，有一点也必须保持清醒，这个贵族的生存空间是语言与事物之间的多重关系。

诗歌如何能指

首先申明一点，在具体的诗歌写作中，抑或在诗歌批评的写作中，我觉得还是尽可能少地关注这些区别。诗歌的写作应尽可能地关注事物，诗歌批评的写作也一样。当然，在有些机智的诗歌批评中，文本是被当成事物来关注的，就是说，文本已被充分物化了。照我的理解，能指，假如用“月亮”来指示它的话，那么，它的所指，可以是“嫦娥”“寂静的夜晚”“心愿”“知己”“美丽的面庞”等。这些区别，对我们理解意义是如何产生的，有很大的帮助。比如，就诗歌的意义而言，它的生成特别依赖于每一个诗歌文本的具体的语境。

在我的写作中，现在我只能说我是从回想的角度来谈论这个问题的，我不是特别关注具体的修辞，比如你说到的双关语、复沓、押韵等，我更关注于这些修辞同具体的语境之间的关联。比如，假如要用到双关语，我努力寻求的是如何为这个双关语寻求准确的语境。在诗歌写作中，遇到困惑是很正常的。有一个说法说的是，假如一个诗人在他的写作中没有遇到什么真正的困惑的话，那么，他的诗歌就不值得认真看待。我曾经受困于这样的说法。因为我多少感到很少有东西能让我感到持久的困惑。中国的审美传统中，我觉得它留给后代的最伟大的遗产之一，就是它很少让困惑来遮蔽审美的丰富性。换句话说，我们的审美不是建立在克服困惑（或征服困惑）之上的，因为我们的审美传统不是追求验证。你可以说，我愿意这样理解中国古代诗人所建立起的诗歌传统。这种理解本身当然也是一种解释。它对我的诗歌写作产生了很大的影响。在诗歌写作中，强烈的焦虑多半产生自伟大的抱负。比如，伊丽莎白·毕肖普就说过，她的同时代的诗人罗伯特·罗威尔就是让过分的抱负产生的焦虑给毁掉的。她的意思是，假如罗威尔能有意识地疏远一下诗歌传统的话，他也许可以更好地发挥他那罕见的诗歌才能。我熟悉很多类似的诗歌逸事。但是，在抱负的恰当与才能的施展之间，我也认为没有谁能给另一个人提出恰当的建议。因为这涉及我们如何体验和挖掘自己的创造潜力的问题。很多时候，我感到自己更萦怀的是，顾城在组诗《颂歌世界》里所触及的那种境界："生命失败的微妙之处。"从这样的审美立场出发，可能会减少一些焦虑。我自己的感受是，那会让我更专注于事物本身，对诗歌的独创性保持恰如其分的敏感。在我目前的写作中，传统，伟大的诗歌，伟大的诗人，同代人的写作，不会让我产生多少"影响的焦虑"。如今，只有诗歌的独创性，能让我产生一些焦虑，但还不至于严重到失眠的程度。在诗歌写作中，特别是从传统形成的角度看，独创性也许是一个神话，但是，它也是我知道的关于诗歌写作的最好的神话之一。它常常被人们摆弄得粗俗不堪，尽管如此，它仍是诗歌这一审美实践活动中最有教养的神话。这里，也顺便说说诗歌与现代的祛魅之间的关系,我的看法是,诗歌就是不祛魅。也不妨说,伟大的诗歌都坚持了这一传统。

新纯诗:一道个人的印记

对法国文学的喜爱,可以说是我的青春经历中最难忘的一幕。《红与黑》就像一次文学的针灸,刺痛了我,那得要从20世纪80年代我对法国文学和法国文化的热衷谈起。当时,真正在精神上让我产生共鸣的,就是法国文学。法国各个时期的诗歌,特别是从波德莱尔到瓦雷里的象征主义诗歌,让我学会了用语言爱上一个事物,因为它既可以是精致的,又可以是朦胧而富有魔力的;同时,它也让我成了一个无可救药的神秘主义者。人世间的很多事情,我都能运用心智去理解;但在本质上,我是一个语言的神秘主义者。有时,为对付它可能造成的异化,我会时常读读《论语》和蒙田的随笔。这样,我对象征主义诗歌的热爱,很可能在模式上转而影响到我对诗歌的认识。我着迷于瓦雷里倡导的“纯诗”理论。当时,我对文学的审美能力都是建立在对瓦雷里的纯诗理论的信服和反驳上的。马拉美所说的诗歌的语言应该是“纯洁的部落的语言”的名言,也曾使我深有感触。我倡导“新纯诗”也有一个现实的考虑,就是反感于当时兴起的“第三代诗歌”所使用的似乎不加提炼的当代口语。受象征主义美学的影响,我认为我们一生中对人生所能拥有的最好的体验,很可能不是关于真实和深度的认识，而是一种近似文学的风格化的认识。就虚假的程度而言，真实的观念永远都要比美的观念虚假。而我本能地亲近于美感，至少我当时认为拥有更多的美感就等于拥有丰富的人生。这样，文学，特别是诗歌，对我来说，就是对生存经验的一种提纯行为；并且，诗歌是更高级的现实，同世俗景观决然相反。当时，对我来说，语言的抽象性是特别值得珍视的，它就像是高贵的灵魂的试纸。正是带着这些模棱两可的感觉，我提出了“新纯诗”的概念，它同本人的诗歌写作的关联一直延续到20世纪80年代末。20世纪90年代以后，我的诗歌写作有很大的变化。比如，在诗歌语言上，我不再坚持诗歌语言是一种特殊的文学语言的观念，我开始以一种实验的眼光看待诗歌语言同日常语言的关系。以前，我的信念是：在诗歌语言和日常语言之间应该有一条非常显眼的界限。但进入20世纪90年代，我更倾向于取消这样的界限。至少，诗歌语言，如果不说它同日常语言是一致的话，那么不妨说它应该同小说所用的语言是同构的。表面上，我现在的诗歌同20世纪80年代所写下的东西有很大的差别；但在骨子里，我觉得变化可能没有那么大。比如，我现在仍认为诗歌是同一种特别的并且因为特别而显得神秘的灵魂现象联系在一起的人类行为。这样的灵魂，它的神秘在于它并不是对应于我们所熟悉的肉体。灵魂并不纯洁，但是它可能非常高贵。这与其说是难以理解的，不如说是难以觉察的。如果我们考察所有的人类行为，就会觉得比较而言，诗歌仍属于最“纯洁”的。在大学期间，我养成了对语言的细节和准确的偏爱。这种偏爱，作为一种风格意识，一直到今天都没有减弱。我从象征主义诗歌上辨认出的一些文学标记，诸如优美、复杂、细致、柔韧、轻逸等已渗入我的感知力，我不会为任何时尚而抛弃它们。

诗如何捕捉个人经验

在相当长的一段时间里，我一直把捕捉个人经验看成是诗歌的基本的任务之一。但前两年，在这个问题上，我开始感到困惑。我已表述过，诗歌对我来说是一种人类能力的体现，也就是说，诗歌的意义不取决于个人，甚至不取决于个人的才能。什么样的经验能被称得上是个人的呢？在我写作诗歌的过程中，我好像使用过大量的个人经验：比如一些比喻，一些形象，如果你没有那样的直觉，似乎是不可能用语言显现它们的。但是，在另一种层面上，我现在意识到，诗歌所依赖的最本质的东西并不是个人经验；当然，也不是一种简单意义上的集体经验，而是一种为人类所独有的生命意识，荣格曾称之为人类的“集体无意识”。很可能的确是这样。至少，我现在认为是如此。另一方面，写作的绝妙就在于我们似乎又可以在诗歌中加进一些个人的东西。如果没有某些诗人的存在，某些表达就不会存在，这是毫无疑问的；当然，与这些特殊的表达相连的感觉始终存在于人类的意识领域。写作中还有一种有趣的现象，有些感觉并不明显的个人标记，而一旦你用语言把它们表现出来，它们反而染上了一种浓郁的个人色彩。另一些感觉和经验，你以为是绝对个人化，但经过语言的揉搓后，它们的个人标记却依稀难辨。

比如，在写《戈麦》这首诗时，我觉得我对戈麦的感情完全是私人的，我也引用了很多生活逸事，但一旦进入语言，感情的私人标记顷刻间就被打磨得面目全非，我的表达自觉不自觉地受到悼亡诗的文类和范式的影响；不仅如此，我的语言也像是受到了一种死亡经验的传染。至于说到个人经验和隐喻之间的语言关系，我个人认为，不能把个人经验作为隐喻来运用的诗人，都不能算作是一个好的书写者。这是最基本的写作才能。表达或修辞都存在着某种直接性，而诗歌的最本质的经验却不是直接的。流行歌曲把相当一部分原先属于诗歌的经验带进了一种人类交流的直接性中，但是，正是这种直接性反过来也妨碍一些歌词成为诗歌。比如，崔健的歌词，有些人非常热衷于把它们指称为诗歌，但它们不是诗歌。虽然我知道，它们比很多当代诗歌写得都要好。对文学来说，修辞的直接性是一种巨大的实验，我不知道为什么大多数当代诗人都会觉得它是件很容易的事情。

诗和幽灵

幽灵确实常常出没在我的诗中。它是一个很重要的角色。对我来说，大部分人都活在一种他们自身无法意识到的幽灵状态。幽灵可能不比人格更真实，但却比人格更能说明问题。幽灵是集体无意识的最典型的体现。我曾相信，幽灵和历史一样，同属于人类最基本的存在方式。历史提供的是镜子，或粗糙或精致，而幽灵展示的是更纯粹的记忆。尝试与幽灵对话，就是试图恢复某种被历史扭曲或压抑的记忆。换句话说，幽灵在我的诗歌中意味着一种同历史相抗衡的记忆的力量。幽灵很可能同神秘的事物是两回事，至少，我是这么区分它们的。从认知上讲，我是一直很欣赏孔子和蒙田的态度的，这两个人都是直觉非凡的人。也就是说，就认知的相对性而言，我不相信神秘的事物。但是，另一方面，我认为艺术最基本的要素是它具有神化事物的能力。这种能力，我相信，一直以潜意识的形态存在于人类的繁衍之中。对事物的神秘观感，是人类最基本的风格意识。我曾把自己描绘成一个反神秘主义的神秘主义者，或许，这是一种恰当的自我写照。而诗歌作为一种艺术，它的主要目的就是要延续这种人类的能力。进入现代以来，人类社会中的绝大多数历史势力都在加紧剥夺人类的神秘能力，只有少数文学势力——比如诗歌还在坚持与这蔚然的历史趋向做不妥协的抗争。在我看来，诗歌是现今保护神秘的最可靠的力量。如果没有神秘做伴，那样的境况可能只意味着人类在心智上的堕落。

风　　格

我们对诗的风格的认知，最终不是来自书本上有关的概念，而是来自对文学阅读的个人记忆。这种记忆是有着自己的神秘的选择的。表面上，好像是你在选择你喜欢的风格，而实际上，更可能的情形是，风格在你身上选择它需要的东西。文学的风格是人生的酵母。对于风格，一个最强烈的意识是，你完全被风格的魅力所折服，你有种被选中的感觉。假如没有这样的感受，而一个人又想从事诗的写作，也许就只有天知道还有什么办法可以加以弥补了。

诗的风格，同个人的性情有关，但如果从生成的角度看，更多的恐怕还是和人文的感觉有关。一个人对风格的偏好，神秘地来自他对风格的回顾。这种回顾当然是建立在他的广泛的阅读之上的。

风格的力量曾让我感到困惑，但并不曾让我感到手足无措。对风格的意识，是诗人的自我进行文学训练的最佳途径。我曾长期着迷于风格的力量。我对古今中外许多诗人的风格进行过棋谱般的归类，我想这就像一个画家在博物馆里悉心揣摩他的前辈的画风一样。我不知道有没有能避开这种方法去领悟文学的终南捷径，但我认为我从这种对风格的鉴别中获益良多。首先，你不那么莽撞地迷信艺术的独创性了；其次，当你感到困惑的时候，你差不多也就知道写作的奥秘何在了。风格是一种伟大的力量，绝不像有些人想当然的那样只是一种艺术要素，一种形式上的东西。

对诗而言，所谓的风格意识其实源于对风格的个人性的一种强烈的警觉。大部分作家，大部分诗人，都还谈不上受到风格限制的问题。说到受到风格的限制，不外乎两种情况：有一种仍令你深深叹服，有一种却让你由衷遗憾。我是一个自觉地追求风格的诗人，但是我也强烈地避免受制于一种过于明显的风格上的标记。我也许最终是一个风格化的诗人，但是现在，我必须发明出好几种东西来推迟或分解某种正在成形的东西。我认为柏桦是一个风格化的诗人，海子也是。我的诗最终可以获得一种什么样的风格呢？或许可以这样简约地说，就风格而言，我希望我的诗让感性获得智性的尊严，让智性焕发感性的魔力。

作为一种文学关系的诗歌批评

里尔克曾抱怨，再没有比批评同一件艺术品更隔膜的事情了。福克纳也曾表示，批评根本不能触及作品本身。假如把阅读也包含在批评之内的话，卡夫卡还说过，阅读即谋杀。文学逸闻中，有关批评和作品之间的罅隙，还有很多例子。但某种意义上，恰恰也从反面表明，批评和作品的关系实际上比人们想象的要密切得多。对批评的误解，恐怕就在于没有分清，批评和作品有着各不相同的对象。作家之所以会对批评感到不适，是因为他将自己放到了批评的对象之列，这是一种不甚有趣的对号入座。事实上，批评为设定自己的对象，是文学思想史中的一个想象的标准序列。作品的对象是人类对自身理解的可能性。但在批评的实践中，最直观的感觉是，批评常常会跑偏。其实原因说起来，也不复杂。因为这种跑偏行径有助于释放一种廉价的快感。真正的批评其实是很难的。真正的批评也是很罕见的，它是一种很高级的东西，高级到经常令人感到沮丧，这也让它很容易被不良的情绪所利用。对诗而言，还是那句话，如果不能展示一种友谊的政治，批评不过是一种自我亵渎。

有些话其实是不必说的。比如里尔克关于批评的这句话，我认为就不必说。因为我们完全可以说，再没有比批评更能切入艺术品的语言力量了，事实也是如此。另一方面，也因为它太像一句真理了。有各种各样的批评。像古典批评那样，假设作品存在着一个绝对的释义中心，就会出现里尔克所指称的那种情况。但是，现在，我认为批评的本质同艺术的本质一样都经历着巨大的变化。比如，批评也有它自身的极端的傲慢：艺术品永远需要批评，而批评可能不需要艺术品，也能成为出色的批评。在艺术品和批评之间设置敌意，更像是自卑施行的一种聪明的策略。当然，也有例外，如纳博克夫就对批评没有好感，但他本人却又从事过极其有趣的批评工作。

诗歌批评是一项艰难的工作。像诗歌写作一样，它也有它的自发性。正如诗歌使我们更敏感地意识到事物的存在一样，好的诗歌批评则有效地刺激着这种意识。在我们打算挑剔诗歌批评的时候，必须意识到一种极端的情形，那就是诗歌批评不一定总是以诗歌为前提的。诗歌批评的寄生性不是绝对的。想想我们是如何构思形象的吧。冲突、争吵、诅咒、和谐、准确，凡此种种，都意味着诗歌和批评之间的正常关系。批评只能让它自身感到满意，只有在极其罕见的情况下，批评才能使诗歌变得让人满意。这就像诗歌只能让诗歌满意一样。好的诗歌并不一定是傲慢的，但是好的批评一定是傲慢的。我不太喜欢设想诗歌与批评之间会有什么健康的关系。

诗的技艺是对诗的技巧的反思

在现代写作中，技艺则主要体现为对经验和想象的一种自我检视的能力。如果对写作的特征不那么熟悉的话，技艺的确会在写作过程中形成一种阻碍，特别是在开始尝试写作的时候，甚至是在我们捕捉新的经验的时候。但是最终，技艺是一种让写作获得魅力和力量的方式。对阅读而言，技艺还可能是一种道德。因为把混乱的东西丢给阅读，终归不是件光彩的事情。我个人认为技艺和天赋完全是两回事。如果按照天赋的严格的标准，比如莫扎特、高斯、帕斯卡都是有绝对天赋的人，而且他们很幸运。技艺像语言或修辞一样，属于人类意识中的公共领域。在学习和揣摩技艺的过程中，我不认为天赋是一个绝对的因素。换句话说，写作所需要的技艺，都能从后天习得。能够把天赋变成技艺的诗人是非常罕见的，但也不是没有，比如兰波，比如奥登。对大部分诗人来说，在驾驭技艺的过程中，能够知道在哪些地方运用天赋就已经很不错了。

诗和无主题写作

新诗历史上，主题先行一直像幽灵一样，不仅在观念上，也在感觉上，操控着诗人的写作。诗人变成了主题的奴隶。在紧张的历史格局中，新诗的主题在很大程度上被政治化了。诗的主题不再由具体的诗歌意图生成，而是先于诗的题材，先于诗人具体的感受和经验，像达摩克利斯剑一样悬浮在创造主体的头顶。这样，诗的自由，诗人的创造性的发挥，就被既定的主题扼杀了。所以，从一开始写诗，我们这代诗人最渴望做的，就是通过体验诗歌写作中的自由，来摆脱主题对人的感觉的束缚。

从写作本身的角度看，我觉得主题先行的诗、突出主题的诗和无主题诗，没有多少艺术价值上的差别。比如，最好不要断言无主题诗就一定比主题先行的诗更有价值。我反感的是现在流行的诗歌阅读的习性。这种阅读习性，就如同带了有色眼镜，对任何作品，都喜欢从主题的角度去看待它，同时，又把主题理解得极为偏狭。无主题诗，其实在中国的古典写作中是一个非常大的抒情传统。比如，在我看来，中国的古典诗歌，特别是抒情诗，只有对象，没有主题。古典诗歌的魅力之一是，它有一个和“言志”有关的暧昧的范围，这个范围在写作过程中转化为一个对象，诗人的任务是专注于即兴的捕捉。暧昧的对象和即兴的发挥之间构成的写作张力，为古典诗意提供了充足的空间，当然，这也是古典写作的一个主要的快感来源。

隐秘的关联和诗的思维术

揭示事物之间的隐秘的关联，扩展生命的内在灵视，可以说是诗的最核心的任务。诗的境界如何确立，如何形成，又如何演绎，和诗人如何自觉于大千世界中隐秘的关联很有关系。

从想象力的角度看，一个诗人对“隐秘的连接”的关注，也关涉到对诗本身的认知。在我看来，诗人的工作就是在人的意识领域里捕捉“隐秘的连接”。没有对事物之间的关联的特殊的敏感，诗人就无法开始他的工作。也不妨说，如果不揭示出存在于事物之间的“隐秘的关联”，诗人的工作也就失去了存在的必要。诗，是一种奇迹。即使它书写起来，看似很简单，很平常。比如，我能坐在马桶上写诗。这里，我不禁想起了阿赫玛托娃的一个犀利的说法：诗来源于垃圾。我也能坐在晃动的汽车上写诗。我也知道有人能在四壁光秃的牢房里写诗。但，这些又能说明什么呢。难道诗可以从具体的写作状态来定义它吗？此外，我对现在流行的有关诗人身份的说法也非常抵触。从行为的角度看，进入现代以后，诗的写作确实大多是在日常生活中发生的。写诗的人也可以自认为很普通，甚至，假装成一个平凡的人，但从审美经验上说，诗触及的观感绝不能用普通和平凡来加以纹饰。诗关乎的是人的想象力。

从新诗史上看，读者的问题一直没有解决好。我们经常借读者说事，也经常自以为就是天然的读者。其实，比起作者，读者更像是我们的一个“他者”。读者，作为一个身份，绝不是不言自明的。一个人可以认为他已经有了良好的阅读能力，也有可能，他的确读了不少东西；但对我来说，他可能仍然不是诗的“读者”。诗的读者，对一个人是否愿意重新自我塑造提出的要求更高。成为诗的读者，更像是接受尼采的一个说法：现代人应通过自我创造变成一个觉醒的个人。从写作的技术角度看，人们在谈读者问题时，经常容易忽视的一个方面就是，他们不知道诗人自己也是一个读者。读者并不是外在于诗歌写作的。对现代写作而言，读者其实是诗歌写作的一个内部现象。如果说，有什么契约的话，这就是契约，是现代诗在阅读方面签下的契约。它的一个更通俗的说法是，一个现代诗人必须努力去创造诗的读者。就人生的乐趣而言，我觉得读点诗，并被诗中所包含的东西改变一下，是件很愉悦的事情。很多时候，我更愿意作为“读者”去写一首诗。事实上，我的一些诗也的确是以“读者”的身份写出的。

诗歌写作和语言的实验性

在具体的写作过程中，我确实很注重语言的实验性。这和我对新诗的理解有关。其实，最早把新诗和实验联系在一起的是胡适。我以为迈出这一步相当了不起。胡适的实验主义，表面上看，很简单，也很浅陋。在思想渊源上，不过是杜威的实用主义的一个通俗的翻版。但我不这样看。我以为，第一，胡适所标榜的实验主义实际上敏锐地捕捉到了诗和现代写作的关联。现代写作强调注重偶然性、可能性、开放性、具体性，这些方面都包含在实验主义的美学范畴中。每一次书写，都是具体的“尝试”，而“尝试”什么，事先并无套路和圭臬，全部交由诗人自己去实践。“尝试”的哲学含义是——什么都是有可能的。这样，从胡适那代诗人开始，新诗的写作一开始就是开放的。这种开放，不仅和写作的心态有关，而且也涉及诗歌写作本身。虽然这一点，胡适本人也许未必会有那么深的意识。但胡适确实很注重“可能性”在现代书写中的作用。第二，从生成论的观点看，我觉得胡适的实验主义也很具有前瞻性。所谓“尝试”，其实就是把文本的意义托付给写作的过程。让作品的意义在写作的过程中自我生成。换句话说，最有吸引力的诗意都是在具体的写作过程中生成的。我们不必人为地规定新诗应该这样写，或应该那样抒情。此外，我觉得“尝试”还昭示了一种新的美学立场：新诗的写作不再是本质主义的写作。也许，一些人会担心它陷入相对主义的泥潭。但我认为，从写作类型的转换上看，新诗，作为一种现代的书写，它关注的是写作如何最大限度地敞开自己。

传统的新诗批评一般对“实验性”和“实验主义”都缺乏好感，甚至把它贬低为对西方的现代主义的不良模仿，是赶现代主义的时髦。这其实是一种根本性的误读。在我的诗歌写作中，我一直对写作的实验性保持着充沛的热情。我对实验性的热忱可能带有绝对主义的印记。比如，我一直觉得实验性和写作的诚实有关。如果一个诗人不把他最内在的生存体验托付给写作的实验性，我们凭什么要读他的东西呢？读那些古代作家写的经典作品，不是会更有获益吗？所以，诗的实验性对我来说，是和某种现代写作的底线联系在一起的东西。把诗歌写作交由实验性，可不是一句空话。在某种程度上，这确实意味着我们不得不接受诗的写作是“一次语言的历险”。历险，或说探险，其实也可以说是一种和现代密切相关的人文经验。

在当代的文学场域里，很多人对“语不惊人死不休”不以为然，甚至把它构陷为一种对语言的技术主义的膜拜。我倒是觉得老杜的这句话其实没什么不好，也没什么好讨论的。“语不惊人死不休”几乎是一句谶语，相当准确地概括出了诗人的命运。你立志做一个诗人吗？假如回答是肯定的，那么，老杜的话就是我们的命运。诗人的命运可以有很多，但这一条在我看来是最根本的。也不必多解释。如果拿审美现代性来参照的话，这句话和本雅明所指认的现代书写中的“震惊”美学，可说是同气相投。诗的经验，从本质上说，它就是一种震惊体验。这似乎也没什么好解释的。愿意悟到这一层，就尽管悟吧。不愿意认同这一点，也没必要拿着宰牛刀硬往朽木上刻。至于它究竟是技术主义，还是技艺至上呢，就让小丑们围着这些无聊的概念蹦跳吧。

现代诗和诗眼

在我看来，诗眼的结成在古典写作和现代写作中有很大差别。诗眼的结成在古典写作中是以炼字为依据的，然后再以其对整首诗所呈现的意境的辐射作用，来判断它用得是否巧妙。所以，古典写作中会有“推敲”这样的具有原型意义的逸事。在现代书写中，我觉得最好的诗意来源于句子和句子之间那种流动的绵延的彼此映衬的关联。作为一个诗人，我专注于这种关联，对句子和句子之间的相互游移所形成的隐喻张力深感兴趣。对我来说，这也是现代写作吸引人的地方。从书写的角度看，诗的秘密差不多就存在于句子和句子之间的那些褶皱和缝隙里。就此而言，我觉得像北岛那样的只会往外蹦跶句子的写作，实在很乏味。北岛的写作只会为跳跃而跳跃，没有编织。而在我看来，他的跳跃只是很表面的东西，缺乏内在的弹性。一个诗人写东西，他总得编织点什么吧。换句话说，诗的写作总要触及语言的纤维吧。

诗中的诗

诗中的诗，确乎是我近年写作中更频繁出现的一个主题。但是，对我来说，诗中的诗，就像音乐中的音乐、绘画中的绘画一样，是一件很自然的事情。比如，在这些年的写作中，我常常能感觉到，不仅我们的诗人身份在参与具体的写作，语言自身的习性也在参与，甚至是来自诗自身的某种东西。我愿意这么设想，诗中的诗，体现的是对诗自身参与写作过程的一种回应。这或许多少也反映了我对诗的一些新的理解。

诗中的诗大致涉及三种形态：在诗中谈论诗，在诗中涉及诗，在诗中重新命名诗。诗歌史上，“以诗论诗”的传统可谓源远流长。以诗论诗，似乎是一种顽固的积习，但又有很强的即兴性；换句话说，在古典传统中，它近乎一种严肃的游戏。在诗人的生涯中，一个人何时会卷入这个游戏，原因很琐碎，但最主要的，恐怕还是与诗人的抱负有关。

我自己也经常会诉诸“以诗论诗”的模式。几乎每隔一段时间，不是“在诗中涉及诗”，就是“在诗中命名诗”。为什么非要采用这种方式？恐怕还是与我对新诗的想法有关，也是和我自己在新诗写作中遭遇的人文经验有关。

博尔赫斯也是一个喜欢“在诗中谈论诗”的大家，但看上去，博尔赫斯更像是在用这种方式向西方诗歌传统致意。也就是说，在诗歌中涉及诗，既出于一种诗歌礼仪，又源于一种诗的自觉，通过这一方式，诗人可以重新调整他对诗歌传统的一种深刻的体认。对博尔赫斯来说，诗是一种传统现象。现在，很多从事诗歌研究的人也是这么理解新诗的。我对此持有不同的看法。诗，对我来说，不再是一个传统现象。

波兰诗人也喜欢"在诗中谈论诗"，但从效果上看，米沃什这么做，恰恰是要强调诗歌对现实的介入能力。它起到的似乎是一种自我提醒的作用。比如，诗是一种特殊的政治。托马斯·曼在流亡美国期间也说过类似的话，他认为，在20世纪，语言的遭际就是一种政治。我觉得这是西方的文学传统中的一种非常独特的观念。这里，我还想到了另一个例子，爱尔兰诗人谢默斯·希尼。希尼也很喜欢"在诗中谈论诗"。他写过一首诗，讲的是俄罗斯诗人帕斯捷尔纳克的逸事。帕氏晚年回顾自己的一生时，曾这样感慨：没能做出更重要的事情，只能弄弄抒情诗。帕氏的言论反映出一种现代的困惑：抒情诗作为一种文类，它的分量似乎不足以和小说相抗衡。帕氏所说的更重要的事情，指的是写出像《日瓦戈医生》那样的长篇小说。所以，在我看来，这些诗人的"在诗中谈论诗"都不过是诗人对其主体性的一种自我训诫。这种自我训诫看起来很像是一种独特的自白，它的目的其实是想传达这样一种信念：用散文的经验对抗诗的自主性。

对我来说，在诗中涉及诗，在诗中命名诗，在很大程度上，是同"为新诗一辩"的激情联系在一起的。叶芝说，诗产生于和自我的争辩。我觉得这差不多是我知道的关于诗的最好的定义之一。写诗的过程，确实是一个“辩”的过程。不仅是“辩”，而且也是“辨”。前者涉及的是有声的争辩，后者涉及的是沉默的辨认。

就当代诗的写作而言，我觉得我们既要和自我争辩，努力获得一种内心的真实，又要和一个被大众化了的自我争辩，避免陷入种种僵硬的陋识和偏见中。此外，写诗的过程也是一个对诗重新定义的过程。作为一个当代诗人，我们经常被卷入到“什么是诗，什么不是诗；什么才是诗意，什么不能算作诗意；什么是诗的语言，什么是非诗的语言”这些争论的旋涡当中。所以，在我看来，在诗中涉及诗本身，也是对这些诗学陷阱的一个“为其不为”的回应。我经常有意识地使用的一些句式，比如，“这就是诗”。一个读者曾来信问我，你为什么老爱用这句话呢？他把它理解成一种审美的绝对主义和诗歌的傲慢主义。其实，我这样做，并没有绝对主义的意思。我觉得，每个自觉的诗人或许都会有比利时画家马格里特那样的冲动，他曾在自己的一幅画上题写了这样的标题：“这是一个烟斗。”这句话未尝不是理解“这就是诗”的一个参照。

诗的空间性：从意境到境况

如何从艺术意识中确认诗的空间性，可以说是诗人自我意识中最核心的工作。就新诗的实践而言，对诗的空间性的强调，一个更深层的原因，还涉及诗人对新诗的写作特性的一种体认。从个人角度看，对诗的空间性的关注，也提示着诗人对其自身写作状况的反省是否足够深入。对诗的空间性的强调，作为一种非正式的方法，也可用于我们新诗和当代诗的区分。

另一方面，诗的空间性也指向诗人对语言和诗的关系的理解。语言是一种空间现象。而书写就像走路或跳舞一样。走马观花也好，翩翩起舞也好，它们都意指一种诗意空间的自我延伸。这个比喻，也许对其他人来说太简单，但我却为之着迷。从写作实践的角度看，诗的空间与诗的意境完全不是一回事。我所说的诗的空间强调的是语言在书写过程中的自我生成的能力。这个审美的空间，对诗的语言来说，最重要的是它的空的特性。而传统诗学所称的意境大都带有先验主义的痕迹，而且多半已由一个文化的共同体预设了相关的意指。“容器”这个词也不错，但毕竟受限于“器”。“器”的边界意味太浓厚，不如空间来得开放，包含了更微妙的延展与褶皱。比如，我比较看重的诸如语言的褶皱这样的现象，就不能发生在“器”的范畴里，它只能出现在空间的延展中。

诗中的散文

西方的小说家多半喜欢自称是诗人。比如，乔伊斯、普鲁斯特，他们都更看重散文中的诗。在西方的文学传统中有这样的说法：诗是小说要达到的最高目标。从审美动机上溯源，把诗作为小说的审美目标，多少反映了这样一种认识：诗，意味着一种人生的品味；散文，意味着一种人生的练达。诗，意味着轻逸，一次神奇的穿越；散文，意味着厚重，一次全面的勘探。诗，意味着一种独特的想象力；散文意味着一种敏锐的洞察力。我不知道有没有“散文中的散文”，但我知道有“诗中的诗”。现在，令我备受吸引的是“诗中的散文”。可以说，我现在的写作目标就是追求“诗中的散文”。我对老一套的关于诗和散文的划分已厌烦透顶。在新诗历史上，人们尤其爱争论什么是诗，什么又是非诗。还有一种极其幼稚的说法，把新诗的不成熟归罪于新诗的散文化，认为散文化导致了新诗的失败。在这些把诗与散文截然对立的说辞里，我看到的不过是迂腐的本质主义。其实，散文和诗的界限即使在古典传统中也并非绝无通融。陈师道说“杜以诗为文”。我觉得他的眼光很精准。在杜甫那里，诗与文的界限转化为一种高境界的互文作用。也不妨说得极端一点，在伟大的写作中，诗与散文的界限从来都是暧昧的。追求“诗中的散文”，也算得上是我现在最想公开的一个秘密吧。对我来说，诗的不纯是纯诗主义的一面镜子。

主编后记

时隔两年,《当代新诗话》丛书顺遂出版第二辑共五卷,可谓“更上层楼”而佳话有续。

2015年初夏,由赵毅衡《断无不可解之理》、于坚《为世界文身》、陈超《诗野游牧》、耿占春《退藏于密》、沈奇《无核之云》联袂亮相的《当代新诗话》丛书第一辑,历经近三年选题策划、约稿及编审,终于如期结集,全部精装印制,由陕西人民教育出版社隆重推出。

丛书出版发行后,虽因诗与诗学毕竟小众边缘,一时未能“盛名天下”,但也以其独得之秘而“填补空白”①的底气与特

① 这里所指的“填补空白”,大体就近二三十年出版界而言。之前,自1985年1月至1991年5月,北京三联书店曾断续出版过《今诗话丛书》,共计11册,按其出版时间先后排序,具体分别为罗洛《诗的随想》、荒芜《纸壁斋说诗》、流沙河《隔海说诗》、邹荻帆《诗的欣赏与创作》、邵燕祥《晨昏随笔》、绿原《葱与蜜》、公刘《乱弹诗弦》、牛汉《学诗手记》、曾卓《诗人的两翼》、谢冕《诗人的创造》、彭燕郊《和亮亮谈诗》。

色，引起诗界、学界及出版界不小的反响，并入选“陕西新华出版传媒集团2015年度十大好书”，进而荣登全国“2015年度好书榜”。

隔年五月，著名青年学者、诗评家刘波，在中文核心期刊《南方文坛》2016年第3期，发表《再造汉语诗学传统——由〈当代新诗话〉丛书观诗话写作传统的拓展》书评论文，认为“这种新诗话的创造，应当是对古典诗话精神最好的传承与拓展”。并且，“让这一文体充满新的魅力”，“为我们带来了令人耳目一新的再造汉语诗学传统的别样体验”，而“成为这些年来，现代汉语诗人和批评家们，重新探寻诗话这一文体的集约型亮相，同时，也填补了近二三十年当代新诗话出版空白，以期促进对诗话的研究，实现其学术价值的拓展”。

由此，本套丛书从编选到出版，所秉持的“对当代中国诗歌美学景观和精神图谱，作另类文体解读而创新说，成为承正脉而别开一界的重要文本”的核心理念，及其“促进现代汉语诗话之研究，现代诗学之发展，及相关学科研究方向与视野的扩展。同时，也为广大诗歌与文学研究者和爱好者，提供一份别具参考意义与阅读趣味的特色文本”（本书“选题策划”语）的价值期许，得到了初步有效的实现。

诗虽小道，国魂所系。时值新诗百年，革故鼎新、与时俱进中，如何于全球一体化大潮拍岸间立定脚跟，重新找回并确认我们的文化身份，实为功在后世千秋的大事。于此，内化现代，外师古典，重树典律，再造传统，正成为当下学界业界之共识。

同时，“转基因”之新诗及其新诗诗学，经由百年“移洋开新”的“现代化”历程，也终能得以在新的历史节点，于部分学人和诗人的思与诗中，反顾汉语传统，倡扬汉语气质，更是值得珍重和守望的事情。

当此关口，《当代新诗话》丛书连续结集出版，以求由个案之经典而成谱系之经典，板块呈现，集约展示，“既填补历史之缺憾，又经营目前之务实”（第一辑《主编后记》语），并由此开启了一扇别具意义的当代新诗诗学“新窗口”，确然正当其时而厚望可期。

第二辑《当代新诗话》丛书，还是以五卷结集。分别为杨匡汉《长亭听云》、简政珍《苦涩的笑声》、臧棣《诗道鳟燕》、泉子《诗之思》、胡亮《琉璃脆》。其“阵容”排辈，依序为20世纪40年代、20世纪50年代、20世纪60年代及20世纪70年代，“老中青”三代佼佼者，济济一堂而气象纷呈，各显千秋。

同时，依循前例，各卷皆以序言开轩，或可添彩导读美意。其中，臧棣、泉子、胡亮三位，各自邀约同道好友赵卡、耿占春、茱萸为文，而耿占春还是第一辑之《退藏于密》的作者，难得此番再续佳话。杨匡汉、简政珍两位，一时忙中无从顾及，特由主编代为邀请云南大学王新教授、三峡大学刘波教授两位新锐青年学者为序，如期斐然，成其圆满。

本辑卷一，系杨匡汉先生历时两年，特别辑录和补写的诗话专著。先生资深，而文心谨重，一部《长亭听云》，既与古典通合，又与现代呼应，格高思逸，不落凡近，如王新序文所言，无愧为“有性情，有品味，有识见”的现代诗话，且“特别葆有了古典诗话鸢飞鱼跃、披美缤纷的人文生态”。同时需要特别说明的是，匡汉先生原本就是这套丛书最初动议及选题策划人之一，最终复以作者加盟，玉成全局，实在堪可珍重。

卷二《苦涩的笑声》，为台湾著名诗人、诗学家简政珍教授的精深之作。犹记二十年前，笔者初次拜读政珍先生赐寄诗学新著《诗的瞬间狂喜》，以简篇而约无穷之致，及其富于收摄与整合力的学者风范和超凡才具，确然不虚盛名而令人折服！二十年后，耿耿中隔海约稿，先生如期赐达而精深如故，如刘波在序言中所指认的，“既有技艺的锤炼，又有深厚的人文情怀，他这些精短的文字，在异质性转换中带着解析诗歌的普适性美学”。

卷三《诗道鳟燕》，乃近年蜚声海内外的北京大学诗人学者臧棣之作。机缘凑巧，二十二年前赴北大拜谢冕先生门下访学时，得以结识臧棣，一握如故。此后虽来往不多，却念念在心。《当代新诗话》第一辑选题申报时，原本六卷，其中就有

《诗道鳟燕》,后因臧棣忙中不及修订,这才推至本辑。结集之前,此书内容已多有刊布,影响广泛,正如赵卡序文中所言:"《诗道鳟燕》是一部闪耀思考之光的'书'","臧棣发明了一种加密而自相矛盾的批评话语编码体系,这种编码体系已经形成了一套特殊的语言美学","是自新诗诞生以来中国现代汉语诗歌研究的重要收获之一"。

卷四《诗之思》,为青年诗人泉子潜沉多年专门撰写的系列诗学札记,深心静力,博思约取,集腋成裘,断续发表后,得同道瞩目。此次结集,从原稿两千多则中精选集萃,以"探究'诗得以发生的秘密'为核心主题","植根于修辞转义结构中的思想方式","以差异与等值替代了思想的同一性,用转义和生成性替代了本质论,以悖论的修辞取代容易被误解的概念体系","因此它不能被否定,也不能轻易证明对与错,就像诗歌本身那样,成为思想自由的象征"。(耿占春语)

压轴卷五,系以民间学者而一举全票斩获第二届"袁可嘉诗歌奖"之诗学奖的青年才俊胡亮,新就诗话专著《琉璃脆》。识胡亮多年,其集渊雅与谨严于一身的少年老成,及其在批评文体方面的孜孜以求,每每令人感佩。此次特约专候得之,"卷上内思,卷下外观,又在此两种类型之外,另开一条熔铸古今、指点中外的路径"(茱萸语)。细读之下,语虽玄寥而自有来去,横生逸出而思精虑细,看似散发乱服,实则正襟危坐,古今混搭,中西交嵌,复于分延与变奏中自成一家,特地亮眼。

至此，二五一十，五载毕其一功，《当代新诗话》丛书竟得十卷集成，别开一界，略备格局，实在不胜欣慰！

——俗语说“好事成双”，实则学问之道，“成三”许得方能筑基；两辑行世后，窃想后续步程，或可“逗引”新知加盟，终成大观，也未可知。

最后，代表所有作者，再次深切感谢坚持这套冷门丛书连续出版的陕西人民教育出版社！感谢从选题策划动议到具体编校发行操烦，付诸爱意与辛劳的田和平总编、马晓侠编审、各卷责编、校对与装帧设计家们！

——想来所谓“为他人做嫁衣”者，亦如著书立说做学问者一样，事功于日常之外，总还是唯愿能有一二“代表性”作品，足以立身入史，以释理想与情怀所在，尤其对身处“边缘地界”的出版人来说。但愿这套丛书的编辑出版，不但能实现这一“边缘与中心对话”的愿景，还能为所有参与其中者，留下一份山高水远的美好记忆！

是为“主编后记”。

沈奇　2017年5月2日于西安终南印若居